本书作者独具匠心，把唐诗和唐史巧妙融合，将几十年所学无私分享，期待与您一起通过追寻唐朝盛世，从而共情当下人生。

　　您不仅可以在品鉴唐诗时，凭借历史骨架的支撑，更好地体会诗人给我们带来的人生况味，而且可以跟随历史脉搏的律动，去捕捉唐诗里不可复制的精彩瞬间。

跟着唐诗
回唐朝

朱丽　王斌——著

张弛——演播

SPM 南方传媒 | 广东经济出版社

·广州·

图书在版编目（CIP）数据

跟着唐诗回唐朝 / 朱丽，王斌著. —广州：广东经济出版社，2022.8
ISBN 978-7-5454-8293-5

Ⅰ.①跟… Ⅱ.①朱…②王… Ⅲ.①唐诗—诗歌欣赏 Ⅳ.①I207.227.42

中国版本图书馆CIP数据核字（2022）第046321号

责任编辑：刘　倩
责任校对：张钰晴
责任技编：陆俊帆
营销编辑：江嫔嫔　李泽琳
封面设计：王梦珂
内文设计：友间文化

跟着唐诗回唐朝
Genzhe Tangshi Hui Tangchao

出版人	李　鹏
出版 发行	广东经济出版社（广州市环市东路水荫路11号11～12楼）
经销	全国新华书店
印刷	广东鹏腾宇文化创新有限公司 （珠海市高新区唐家湾镇科技九路88号10栋）
开本	880毫米×1230毫米　1/32
印张	9
字数	180千字
版次	2022年8月第1版
印次	2022年8月第1次
书号	ISBN 978-7-5454-8293-5
定价	58.00元

图书营销中心地址：广州市环市东路水荫路11号11楼
电话：（020）87393830　邮政编码：510075
如发现印装质量问题，影响阅读，请与本社联系
广东经济出版社常年法律顾问：胡志海律师

推荐序一

刘 阳

北京历史文化及圆明园、教堂建筑专家

我和王斌、朱丽相识于偶然，后来一个冬天的晚上，我们在一家正宗重庆火锅店相谈甚欢。有时候生命中出现的一些人，虽然不是认识多久，交情多深，可你愿意向他们敞开心扉，和他们肆无忌惮地聊个痛快，这二位于我就是如此！

转眼过了一年，一天朱丽告诉我她和王斌要出书了，是关于唐诗、唐史的，想请我作个序，书的小样最近刚拿到手，让我趁热读个新鲜的，于是，这本《跟着唐诗回唐朝》就成了我拥挤不堪、不知何处下脚的西直门书房里一位可爱的新朋友。

现在市面上关于唐诗、唐史的书可不少，尤其近几年乘着传统文化热的东风，这类书如雨后春笋般蓬勃而出，可像这二位写法的书我倒是第一次读。众所周知，两个人合写的书通常要么拼凑痕迹严重，不能合而为一；要么有站在高岗上对歌一拼高下的感觉。但在《跟着唐诗回唐朝》这本书里，上述情况都不存在。王斌儒雅沉稳，对唐朝历史烂熟于胸，随便一聊就能拨开历史迷雾抛出深刻、清晰的观点；朱丽古灵精怪，从小没少读诗背诗，对诗人诗风的见解新颖独到。他俩一个周正，一个清新，又把唐诗、唐史巧妙结合，所以写的书读来有趣、有益、更有劲（期待还能再出下一本）。

该怎样形容这本书的独特呢？通俗点说，就像吃着一袋怪味豆，你不知道下一个进嘴的是什么口味，但每一种都好吃；雅致点说，就像听一曲二重奏，两种乐器不仅没互相干扰，反而呈相互烘托之势，把人的感官享受扩大了不止一倍，原来一加一真的可以大于二！

在生活节奏越来越快的当下，大部分人都行色匆匆奔走不停，闲暇下来，只愿做点不费脑子的事。可这二位却代表着另一部分人，他们逐渐放慢了脚步，让自己安静下来，抬头看云卷云舒，享受清风拂面，与群星守望。他们已经开始向内寻找本真，涵养心田，为灵魂搭建遮风避雨之所……

一本小书即为缩影，于是我问自己："那些儿时常常背诵的唐诗究竟去了哪里？让已经过去千年的往事历历在目还有没有现实意义？！"

作者在这本书中给了我答案："人事有代谢，往来成古今"，唐诗，是凝结古人心血而成的颗颗珍珠，历经千年不曾暗沉，反而熠熠生辉；"江山留胜迹，我辈复登临"，历史，是前辈先人有血有肉的点滴生活，历经千年不曾冷却，反而历久弥新……

推荐序二

谢　峥

重点中学高级教师

雅斯贝尔斯说，"教育就是一棵树摇动另一棵树，一朵云推动另一朵云，一个灵魂唤醒另一个灵魂"。这是种伟大的思想，也是种理想的境界，更是教育工作者孜孜以求的最终目标。作为一个在高中语文领域耕耘了29年的播种者，我常会得到学生们给予的"无心插柳柳成荫"的惊喜。20年前，我把一节语文课交给朱丽同学，让她给全班讲唐诗的教学环节，催发了她心中深埋的传统文化的种子，让她在历经工作、成家、生子，走过小半生后不仅没有丢弃梦想，反而让它枝繁叶茂，最终开花结果。

作为老师，我很幸运地见证她写了3年儿童阅读推荐，制作了百余份儿童书单，陪伴、引领孩子爱上读书；见证了她向我要来高中的全套教材和必读名著目录，一一写下读书心得，期望和现在的高中生进行交流；见证了她找到同样热爱传统文化并且谙熟唐朝历史的王斌先生一起出书，并拉着更多小伙伴经营"唐人儿"公众号，通过"唐人儿看世界"等新媒体线上分享知识……真的很高兴，看到她在"岁光屡奔迫"的中年，还紧握着披荆斩棘的剑，不为容貌的改变而焦虑，也没有被世俗裹挟，更没有被平庸打倒！

有人说："人生很长，长到任何成功人士都有失败的时候，也长到任何普通人都有机会成功。"我真切地感受到，手中所捧的这本《跟着唐诗回唐朝》，不仅是她和王斌先生所酿之蜜，更是纯粹、珍贵的友情硕果和热烈、执着的梦想蓝图。

虽然这本书发端于高中的语文课堂，但我认为它的适读群体十分宽广，二位作者用多年读书所得重梳了唐诗、唐史的脉络，将唐诗、唐史趣味结合，视角独特、格调雅致、语言亲切自然，学生们读此书可轻松感知唐诗背后的历史渊源，激发进一步探求的欲望；唐诗爱好者读此书可以看到宏大的历史及社会，助诗词之功"更上一层楼"；而历史爱好者读此书可以真实地感受到那些诗句带来的温热，让唐朝的精彩更加形象、具体……

在教育愈发重要的今天，我常扪心自问："教育的意义是什么？人生的意义又是什么？"一件一件的东西被我们捡起背在身上：生活已经足够沉重，哪里还有诗和远方？！其实我们都错了，既然生活已经足够沉重，如果没有了诗和远方，岂不就更丢弃了弥足珍贵的希望？能够解决人类迷茫的结点，正是诗和远方啊！

我希望有更多人在关注车水马龙熙熙攘攘的同时，能微微抬头看看星空，修正一下前进的方向；希望有更多人能够意识到物质富足有时候会带来空虚，而精神充盈永远是高贵的……

同时，我也希望孩子们和家长们，以及我更多的朋友，能够在纷繁的生活中摆脱短视频的诱惑，放弃快餐文化的浅薄，走出阅读的荒原，奔向澄澈、纯粹的精神家园，用诗意涵养内心，用远方引领灵魂，高贵地生活，优雅地老去，这也是最令我悦目娱心的事。

目录

01 它竟然是我们的"国民大书"

02 这样给唐朝诗人排序，我服

03 长寿诗人第四名刘禹锡：他和他的中唐

带你欣赏唐诗，读懂诗人，了解历史

扫描本书二维码，获取配套线上资源

智能阅读向导为您严选以下专属服务

古代文化常识
传承古文精髓，汲取古人智慧

经典唐诗鉴赏
感悟唐诗绚丽多彩的艺术风姿

唐朝诗人故事
为你解开唐朝诗人的未解之谜

趣说唐朝历史
说尽大唐三百年的兴衰与繁荣

扫码添加
智能阅读向导

操作步骤指南

①微信扫描上方二维码，
选取所需资源。

②如需重复使用，可再次
扫码或将其添加到微信
"收藏"。

记 **读书笔记**：摘录书中精华段落，分享读书心得与感悟

加 **读者社群**：找到志同道合的书友，一起读书，一起交流

01

它竟然是我们的

"国民大书"

　　中国家庭持有量最多的书，我想并不是如雷贯耳的"四大名著"，这老四位名头太高，仿若板板正正、严整肃穆的老夫子一般让人"望之俨然"，不可亲近。有一本书却和它们相反，在我们儿时，它便从母亲的口中传出，如涓涓细流直抵心田，即使到白发苍苍时，相信我们也会记得它"即之也温"的亲切和温柔。它，就是《唐诗三百首》，堪称我们的"国民大书"。

白日放歌须纵酒，最爱《唐诗三百首》

中国孩子，哪个不是在咿呀学语的时候就会背"春眠不觉晓，处处闻啼鸟"了？又有谁不知道"床前明月光，疑是地上霜"呢？咱中国孩子，哪怕只有幼儿园水平，谁不能奶声奶气地接上"白日依山尽，黄河入海流"？又有哪个不晓得"红豆生南国，春来发几枝"呢？所以，只要接受过中国最基础的教育，即便是幼儿园水平，也可以背诵五首以上的唐诗！不信您可以数数！

送别朋友，我们说"海内存知己，天涯若比邻"；把酒言欢，我们说"五花马，千金裘，呼儿将出换美酒，与尔同销万古愁"；落拓失意，我们说"同是天涯沦落人，相逢何必曾相识"；心情欢畅，我们说"春风得意马蹄疾，一日看尽长安花"……这些诗句都静静地驻在《唐诗三百首》的书卷中，风尘仆仆地从1000多年前的大唐辗转而来，和我们进行鲜活的时空对话……

唐诗，中国文学史上最绚烂璀璨的明珠；唐朝（公元618—907年），风起云涌的289年不仅缔造了诗歌的中天盛世，更因风流繁华、开放包容而成为每一个中国人念兹在兹的文化故乡！没人能够说清唐朝诗人到底作了多少首诗，清朝康熙年间编纂的《全唐诗》共收录唐、五代诗歌将近五万首，算是目前最细致、最权威的"唐朝诗海"了，可"权威"难免厚、重、博、杂，让普通读者望而生畏，那今天我们手中薄厚适宜的《唐诗三百首》究竟是怎样而来的，是谁完成了这个五万选三百的高难度动作呢？

《唐诗三百首》的由来

编纂《唐诗三百首》的老师名叫孙洙，笔名蘅塘退士，生于清朝康熙年间，活跃于乾隆时期，距离现在比距离唐朝要近得多。如果您不知道他的话也千万别觉得不好意思，"熟读唐诗三百首，不会作诗也会吟"这句话您肯定听过，对不对？没错，说这话的就是大名鼎鼎的孙老师本尊了。孙老师是一名政府官员兼教育工作者，他为官清廉，为百姓做了很多实事，所到之处，惠及一方，可要说他泽被后世连我们都跟着享福的功绩，那一定是编纂《唐诗三百首》！

唐代以后，历代唐诗的选本大约有600种，可为什么唯独孙老师编纂的这个版本力压群芳成为"弱水三千之一瓢"？究其原因，浅见如下：第一，清朝离现在比较近，离唐朝比较远，孙老师选编唐诗，一定阅读过历朝历代的许多精华选本，能够"强中再选强中手"，因此被他选中的诗歌，自然也是经过时间的千淘万漉的，每一首都可以以一敌百，甚至敌千。第二，孙老师毕竟是康乾盛世的举子，文采风流，审美雅致，选诗周正，且看《唐诗三百首》的作者，上至帝王将相，下至歌姬伶人，李杜、王孟、元白等诗歌大家姑且不论，还有僧人隐士、边境戍子、无名之人，涵盖了当时有能力作诗的各个社会阶层；内容方面，有应制诗、送别诗、闺怨诗、怀古诗、边塞诗、咏物诗、田园诗等，可谓包罗万象；体裁方面，有五古七古、五律七律、乐府绝句，堪称异彩纷呈。所以这个五万选三百的动作确实做得漂亮，《唐诗三百首》能成为经典也是因为自身实力够强！

不知您有没有想过，为什么这个选集要选三百首唐诗？而不是二百六、八百七、一千二？我想是因为三百首这个数量不多不少，编纂出书不薄不厚，适合大众阅读，而且我猜孙老师心中也有一个致敬经典的"清朝梦"，那就是仿效"万世师表"的孔子编纂我国第一部诗歌总集——《诗经》，编纂一部能够流芳千古的唐诗选集，因为《诗经》又名"诗三百"，所以孙老师也选取了三百这个数字。不过，您得记好，无论是《诗经》还是《唐诗三百首》，可都不是整三百这个数字，《诗经》是三百零五篇，《唐诗三百首》是三百一十一首。

《唐诗三百首》的趣事

读《唐诗三百首》的朋友您有没有像我一样许过一番宏愿，说白了就是犯过一回傻呢？高中时期，我和几个喜欢唐诗的同学幼稚地认为："按照《唐诗三百首》的编纂顺序，一周背一首不是梦。"于是，从第一首张九龄的五言古诗（以下简称五古）《感遇二首·其一》一起，我轻轻地开始了："兰叶春葳蕤，桂华秋皎洁。欣欣此生意，自尔为佳节"。说实话，光"葳蕤"二字怎么读就让我咬了半天舌头，但我内心是乐观的，鼓励自己道："万事开头难，后面一首就没那么难了，不要轻言放弃！"于是，当我吃力地把第一首背完，满心期待第二首会轻松、简洁的时候，发现第二首原来是张九龄的《感遇二首·其二》，于是我默默地放弃了。

再问那几个同学，真有迎难而上，不畏艰险的。《感遇二首》总算熟练地背了下来，可最终败在了第三首李诗仙的《下终南山过斛斯山人宿置酒》上，他们说还没看内容，光是背题目就已经蒙圈了，于是都知趣儿地放弃了。从此，这个要把《唐诗三百首》按顺序背下来的宏愿就此作罢，再无下文。

究其原因，蘅塘退士孙老师"不厚道"，按照五古、乐府、七古……这个顺序编排的三百首唐诗，真的不适合逐一背诵，况且有的读起来都很难。记得当年读杜诗圣的七古《观公孙大娘弟子舞剑器行》，前面有一大段文言文被我直接略过，诗开篇云"昔有佳人公孙氏，一舞剑器动四方"，而后接"观者如山色沮丧，天地为之久低昂"，读着就有点磕磕绊绊了，再往后是"㸌如羿射九日落，矫如群帝骖龙翔"，十四个字里有俩字不认识，于是乎连读都放弃了。人到中年，方知这首诗写得真好，它不仅详实地记录了"剑器舞"这种早已失传的舞蹈，更表达了"诗圣"因佳人、盛世双双不再，自己也风烛残年，流离江湖，而不由得"感时抚事增惋伤"。可当时作为一名高中生的我哪里能读出这般对历史的翻云覆雨和人间的浮沉沧桑的感慨？！

言归正传，如果您想背诗，千万别按照编纂顺序机械地从前往后背，一定要把《唐诗三百首》往后翻，再往后翻，翻到五言绝句的时候就可以停下了，然后从自己喜欢的五绝、七绝开始吧。

近几年特别火的《诗词大会》，里面高手如云，每位选手的大脑仿佛都自带搜索引擎，背诵诗词都能不假思索，脱口而出。尤其是飞花令环节，"飞"的那个字刚出来，当我还在搜肠刮肚的时候，人家已经完成了好几个回合的对阵，真叫我目瞪口呆。好奇心作怪，我特别想问问他们："谁能把《唐诗三百首》全背下来？"话说背三百首唐诗容易，可要是这三百首，还请高人收下我由衷的敬意，真心佩服，佩服！

《唐诗三百首》的情愫

小时候，妈妈教我背诗，她背一首，我背一首；然后妈妈给我买了书，她念一首，我念一首；后来我长大了，没事的时候自己读一首，再读一首；现在我也做了妈妈，教儿子背诗，我背一首，他背一首……

岁月不居，时节如流，人生总是在经历许多后往回看才发现，当时一个小小的举动，原来是不经意间播撒的神奇种子，而人生不同时期的小小片段，串联在一起也成了一个动人的故事……

小学二年级，老师讲《寻隐者不遇》，问谁会背，班里多半的同学都举了手，老师又问作者是谁，全班只有我知道是贾岛，在全班同学羡慕的目光中，我双手激动地接过老师用红纸剪的小红花。

初中一次考试前，为了缓解同学们的紧张情绪，老师让我背一首诗，我站起身，一首《将进酒》脱口而出，诗音铿锵，李诗仙的狂傲洒脱萦绕教室，突然间仿佛所有的躁动不安都静止了下来，我清楚地记得生机勃勃的初夏阳光从教室外白杨树叶的缝隙中倾洒下来，每一片树叶仿佛都被镶上了金边儿，好看极了。

高中的学业尤为紧张，为了在作文中引用一些经典名句提升文采多得几分，我又背了不少唐诗宋词，还琢磨出几个套路：一是树立自信时必用"天生我材必有用，千金散尽还复来"，二是展望前程时必用"长风破浪会有时，直挂云帆济沧海"，三是规劝自己珍惜时间时必用"读书不觉已春深，一寸光阴一寸金"……套路很多，不一一列举。

而后，上大学、工作、成家、当妈，在人生路上，我一步一步循规蹈矩地走着。人生，谁不渴望"松风吹解带，山月照弹琴"呢？可生活，永远都是做饭时的柴米油盐、带娃时的轻哄狂吼、工作时的鸡血狂奔，往往它们又互相掺杂，席卷而来，直让人焦头烂额。

记得刚当妈的一个午夜，给儿子喂完奶后我睡意全消，伫立在窗前看着夜色和小区里淡黄色的路灯，又从书架上拿出许久不看的《唐诗三百首》漫无目的地翻了起来，那一刻，我突然觉得内心变得非常平静、踏实，初为人母的慌张和疲累仿佛一下子烟消云散，"竹怜新雨后，山爱夕阳时""深林人不知，明月来相照""只在此山中，云深不知处"……这些在现代都市中找寻不到的画面逐一浮现在我眼前，我的心霎时不再那么干涸，变得滋润起来。我闭上眼，深深地吸了一口晚春夜色中的空气，静静地沉醉其中。而后，我走到儿子的小床前，看着他熟睡后恬静的小脸，初为人母的爱意像春天一样抑制不住地升发、升腾，我觉得我是那么爱他，爱身边的每一个人，爱这个世界……

一起来吧

小时候读《唐诗三百首》，觉得它很厚，仿佛总也读不完，于是就偷偷翻到最后一首《金缕衣》，将它牢牢背下来，以此假装读完了整本书。长大后觉得《唐诗三百首》其实很薄，它不过是拉开了浩瀚诗海帷幕的一角，帷幕后除了有更多宝贵的作品外，更有大唐的无限风物、锦绣天地、盛世华章。

小时候读唐诗，喜欢那些或优美宁谧、或明媚清丽、或豪侠雄壮的诗句，沉醉在作者所描写的景色之中。长大后再读唐诗，才明白诗人原来如"望帝春心托杜鹃"一般，把自己的烦忧、喜悦、愁苦、恬淡、悲欣交集都蕴含其间，每句诗都是人生的片段和时代的缩影。

小时候读唐诗，一首又一首，仿佛是彼此毫不相干的碎片。长大后再读唐诗，才发现它们原来互相依存，并且和唐朝的社会、历史有着不可分割的联系，而正是这种交相辉映，才撑起了唐诗璀璨异常的天空。

因为《唐诗三百首》，我爱上了唐诗；因为爱上唐诗，我对那个曾经伫立在这片土地289年之久的朝代无限神往……

在西安、在敦煌、在展览着海枯石烂的博物馆，在很多很多地方，唐朝还是或多或少地"活"了下来，可这种"活"已经不再是活力四射，而是形容枯槁了。反观唐诗，仿佛一个从唐朝出发跨山越海远道而来的使者，尽管长路漫漫，路途险阻，可他还是风尘仆仆地赶来，生机勃勃地生活在我们身边。

唐诗，是唐朝永远不死的魂魄，更是沟通唐朝与今天的使者！

您可曾想过，跟随这位使者一起重新回到那"九天阊阖开宫殿，万国衣冠拜冕旒"的时代，更真切地了解它呢？如果您愿意，我将怀着万千诗情，邀您同行！

"白日放歌须纵酒，青春作伴好还乡"，一起来吧！

青天明月来几时，我再说说《全唐诗》

和很多喜欢唐诗的朋友一样，我读诗也是从"国民大书"

《唐诗三百首》开始的，后来诗读得多了，发现它虽周正雅致，但也不是尽善尽美，确有许多遗珠之憾。比如李白的《望庐山瀑布》、杜甫的《春夜喜雨》、被誉为"孤篇横绝"的《春江花月夜》、妇孺皆知的《清明》《悯农》《暮江吟》，等等，全都不在这三百首之列。尤其是我非常欣赏的"诗鬼"李贺，他的诗作竟一首都不能入蘅塘退士孙老师的法眼……

朋友，如果此时您和我一样，开始对幼时唐诗启蒙的这本《唐诗三百首》产生"微词"的话，那么恭喜您，说明您的唐诗功力已经大增，可以和我一起去拜会那座屹立在《唐诗三百首》背后，令人仰止的山峰——《全唐诗》了！

《全唐诗》的那些事儿

公元1705年，一部被称为"自有总集以来，更无如是既博且精者矣"的唐诗总集开始被编纂，敕令此事的正是那位要"向天再借五百年"的康熙大帝。康熙8岁登基，在位61年，他励精图治、善于治国，是中国历史上"三大盛世"之一——"康乾盛世"的奠基人，此外他还是位唐诗的骨灰级粉丝。

在讲究立德、立功、立言的古代，作为国家的绝对一把手，我猜康熙帝一方面自觉在他的领导下四海承平，因此想向风流强盛的大唐跨时空致敬；另一方面他深知"诗教"的好处，想用它来泽被后世子孙，于是便有了想要编纂一部包罗整个唐朝存世诗篇的宏愿。

做大事儿当然要找靠谱的人，于是他钦点自己的发小儿、时任江宁织造的曹寅为御用主编，这位主编您也熟，他就是"四大名著"之一《红楼梦》的作者曹雪芹的亲爷爷。

为了又好又快地完成编纂任务，康熙便把自己珍藏的两部唐诗选集作为底本给了曹寅，一本是明代胡震亨编的《唐音统签》，另一本是内府收藏的本朝季振宜编的《汇集全唐诗》。

话说这两位编者也不简单。先说说明朝那位编《唐音统签》的胡震亨先生，他是赫赫有名的藏书家、文学家，家中有名曰"好古楼"的藏书楼一座，内藏图书万余卷，其中有无数读书人终生不得见的秘策、僻典。他做官时兴修水利、改革官粮运输，颇有政声，更厉害的是他还精通兵法，可谓文武双全。当时正逢明朝末年，胡震亨眼见大明王朝已千疮百孔，纵有经纶济世之才也是回天乏术，因此辞官乞归。

他也是唐诗的资深粉丝，鉴于前人编的唐诗集错漏不少，于是经过十年磨砺，皓首穷经，编成了这部1033卷的《唐音统签》。该书按天干的顺序编纂，收录了大量唐、五代时期的诗词、曲辞、歌谣、酒令等，并进行了细致的评论，更珍贵的是，很多中晚唐诗人的散佚诗篇和断章零句仅存于《唐音统签》中，其他版本的唐诗选集并未收录。

再来说说季振宜。季家世代都为饱学宿儒，并且家道殷厚。殷厚到什么程度？别的不说，您先瞧瞧他家的两件藏品：第一，《神龙本兰亭序》。世人都知道王羲之亲手写的《兰亭序》陪着唐太宗李世民葬在昭陵，不得传世。而存世最好的摹本就是唐太宗找人临摹的《神龙本兰亭序》了，这件大作现在被收藏在北京故宫博物院，想当年可是季振宜家的私有财产。季家的另一件藏品也很厉害，就是被誉为"中国十大传世名画"之一的《富春山居图》。它是元代大画家黄公望老年所绘，后被明末收藏家吴洪裕收藏，因为这幅画太珍贵了，吴洪裕想生生世世占有它，于是就在临死前把它点燃用来陪葬，虽被人手疾眼快地从火中救出，但还是被烧成了两部分，经修补后一部分被称为《剩山图》，另一部分被称为《无用师卷》，这《无用师卷》就是季家的私藏品。

坐拥国宝只是九牛一毛，季家还有海量藏书，这些藏书有的是继承家传所得，更多的是广为搜求所得。季振宜对海量藏书进行了准确的编录，因此被时人称为"善本目录之泰斗"。同样的，季振宜也是唐诗的忠实粉丝，他十年磨一剑，编纂成一部《汇集全唐诗》，收录了唐朝1859位作者的42931首诗，后来这本书流入皇宫大内，到了康熙帝手中。

曹寅有了如此珍贵、权威的两大底本，他的编纂工作就相当于站在了巨人的肩膀上，于是他召集彭定求等十位翰林学士，以《汇集全唐诗》为主，兼采《唐音统签》，只用了不到两年的时间就完成了选诗、校对、编辑等工作，康熙帝喜出望外，大笔一挥将这本诗集命名为《全唐诗》。

《全唐诗》打破了传统按照唐朝初、盛、中、晚四个时期进行编纂的顺序，它从收录帝王、后妃的诗作开始，然后收录描述宫廷大典、祭祀的官方诗词和乐府歌辞等，之后则按照诗人可考的时代和出生时间顺序收录有关诗词，秩序井然，便于查找。另外，每位诗人的篇首均有序言，为考证诗人的生平留下了重要的记载。《全唐诗》除了收录有完整的诗歌外，还收录了大量的零章碎句，非常详尽。

《全唐诗》确实蔚为大观，它共计九百卷，"得诗四万八千九百余首，凡二千二百余人"。基本囊括了唐及五代的大部分诗人及其诗作，是迄今为止篇幅最大、影响最深的古典诗歌总集。

唐诗都去哪儿了

《全唐诗》虽收录了将近50000首诗，但我可以负责任地告诉您，这数目恐怕只是唐人所写诗作的十之一二罢了。那么，大部分诗作呢，它们都去了哪里？当然是历经悠悠岁月，遗失不见了！那么，从创作问世，到收纳成集，再到流传后世，唐诗都会经历什么呢？

众所周知，唐人写诗很多时候是临场发挥，有心人可能会将诗记录在纸上。还有一部分诗是诗人间互相唱和之作，被赠诗的一方会帮忙保存，但这种方法并不靠谱，所以很多诗人就在晚年时整理自己的作品，比如白居易就把文稿整理好并藏在五个地方，非常有"不把鸡蛋放在一个篮子里"的思维，因此他存诗2000多首，成为《全唐诗》中传世作品最多的诗人。柳宗元去世前托家人把作品全部交由好友刘禹锡保管，正是经过刘禹锡的细心编纂才有了我们今天看到的《柳河东集》。

"诗佛"王维的作品由其弟王缙整理并上呈唐代宗，保存得也比较完整。

可大多数诗人并没有那么幸运，作品由于无人整理，便永久失传了。比如号称"孤篇横绝"的《春江花月夜》若不是被宋人郭茂倩收录在了《乐府诗集》中，今日我们怎能得见这人与时间、空间的完美对话？可该诗作者张若虚目前存诗只有2首，其他全都失传了。凭借"羌笛何须怨杨柳，春风不度玉门关"在"旗亭画壁"中独占鳌头的王之涣，他的另一首传世绝唱《登鹳雀楼》更是妇孺皆知，实力不容小觑，可惜存世作品仅为6首，可叹多少佳句无影无踪！

再来看看唐诗巅峰的李杜二人。

李白临终前把作品托付给族叔李阳冰，李阳冰经过整理，编成《草堂集》10卷，在序言中他说李白"自中原有事，公避地八年；当时著述，十丧其九，今所存者，皆得之他人焉"。由此可见，虽然如今我们还能读到"诗仙"很多脍炙人口的作品，但"十丧其九"，"诗仙"绝大多数的作品还是在战乱中遗失了。更为可惜的是，这部《草堂集》后来也散佚了，现在通行的《李太白文集》是宋人后编的。想想失传的那些诗文中，定然有比肩甚至超越《将进酒》《蜀道难》等诗篇的佳作绝唱，而我们再也无缘得见，不由得让人喟然长叹、大呼可惜！

杜甫生前虽名不见经传，但在离世50年之后，被众多诗人推崇备至：白居易、元稹取其诗写实、易懂的特点，韩愈、孟郊、李贺取其诗精辟、险奇的风格，李商隐则继承了他的律诗对仗工整、深婉清丽的优势。但杜甫的作品留存度如何呢？答案是：很低！40多岁时，他说自己写诗千余首，可那一时期的诗作流传至今的也就20来首。"诗圣"也不总是沉郁潦倒、"凭轩涕泗流"的苦闷老头，也有意气风发、睥睨万物、激情燃烧的青春岁月，比如气势磅礴的"会当凌绝顶，一览众山小"！只可惜杜甫那时期的作品大量遗失，导致我们对他的理解和分析出现了可怕的断层！

明白了这些诗作传世的不易后，再来看看今天我们读的每一首唐诗，有没有觉得格外珍贵？没错，它们都饱经沧桑，和我们"有缘千年来相会"了。

唐诗——唐朝的活"影子"

绵延289年的大唐王朝早已湮没在历史的滚滚长河中，但唐人生活的千姿百态却在《全唐诗》中"活"了下来：从科举中的行卷干谒到被贬谪的流离奔波，从宫廷典仪的盛大恢宏到战争的金戈铁马，从贵族的游乐饮宴到农家的采莲采桑……《全唐诗》就像一本唐人日记，不仅记录了个人的衣食住行、喜怒哀乐，还记录了大唐历史的波澜壮阔、跌宕起伏，更有许多连史书都不曾记载的内容，对于研究唐代的历史文化弥足珍贵，意义非凡。

举个例子，唐朝人特别喜欢玩一种叫联句的游戏，就是一人说一句，连起来要成一首诗。《全唐诗》收录了唐中宗李显的一首诗，记载了景龙四年（公元710年），吐蕃使者来访，皇室成员和大臣在宴饮后的游玩活动，我摘录几句您瞧瞧：

大明御宇临万方（唐中宗李显），
顾惭内政翊陶唐（韦皇后）。
鸾鸣凤舞向平阳（长宁公主），
秦楼鲁馆沐恩光（安乐公主）。
无心为子辄求郎（太平公主），
雄才七步谢陈王（温王李重茂）。

好一幅王朝的繁华盛景图、家庭的温情脉脉图！从温王李重茂的角度来看，作联句的这些人是爸爸李显，妈妈韦皇后，姐姐长宁公主、安乐公主，姑姑太平公主。熟悉历史的朋友都知道他们的结果：韦皇后和安乐公主毒死了唐中宗李显，立李重茂为傀儡皇帝，准备效仿武则天做女帝。太平公主又和侄子李隆基发动唐隆政变，杀死了韦皇后、安乐公主，废掉李重茂，贬谪长宁公主，最后太平公主又在政治斗争中败给李隆基，不得善终。

自古皇家充满争斗、阴谋，动辄刀兵相向，你死我活，亲情、真情成为奢侈品，但有了《全唐诗》的记录，我们才发现原来政治斗争异常激烈的这一家人也有如此其乐融融的温馨一幕。于是，他们忽然被摘掉了"脸谱"，变得真实、立体起来。

如果把唐朝比喻成一个美女，唐诗是她的形貌，那么支撑她骨相的就是历史了。

我喜欢历史，和它结缘是因为初中时遇到了一位非常牛的历史老师——展老师。在那个教学方法单调乏味的时代，几乎所有的老师讲课都是照本宣科，而展老师却从不用我们打开课本，那些上古神话、群雄逐鹿、朝代更迭、岁月兴替仿佛都深深地印在他脑子里。他把中华上下五千年的历史都变成了故事，再用自己的语言使这些历史"活"了起来。在展老师的带领下，我仿佛拥有了穿越时光的高超本领，时而去春秋战国体味哲学思想的百家争鸣；时而纵观秦失其鹿，楚汉相争；时而"一壶浊酒喜相逢"，笑看赤壁鏖兵。……当然，最吸引我的还是那个繁华风流、开放包容的大唐！

在历史中笑看唐诗

诗史不分家，提到唐朝，当然离不开唐诗。我在读诗时，常常会根据作者的生平或诗中的典故在脑子里还原一下当时的历史，而后再读诗作本身，这样便会顿觉豁然开朗。

比如高适《燕歌行》中所写"战士军前半死生，美人帐下犹歌舞""君不见沙场征战苦，至今犹忆李将军"的历史背景，正是唐玄宗骄傲自满，开始由勤勉亲政变得好大喜功的时期。当时唐朝的边境并不太平，很多戍边将领为了讨好喜听捷报的唐玄宗，哪怕只为占邻国弹丸土地，哪怕只为生擒敌军几百人，也不惜牺牲千千万万士兵的性命。试问哪个士兵没有思念他、渴盼他早日归来的家人？哪个士兵不是一个优质的社会劳动力？如此这般，能不导致民怨沸腾，让社会发展停滞不前吗？所以再来看这首诗，高适呼唤的哪里是像李广这样爱兵如子的好将军，他是看到了唐玄宗不断开疆拓土的风光背后的那些隐患，因此他对战争予以了强烈的控诉！

又如孟郊的名作《登科后》这样写："昔日龌龊不足夸，今朝放荡思无涯。春风得意马蹄疾，一日看尽长安花。"有人说孟郊中个进士是不是有点高兴过头了，可如果您略懂唐朝的科举制度，就会发现他的表现并不夸张。

在唐朝考取功名很难，压力绝对比今天的高考大得多。首先，考生都是劳动力，必须完成政府征收的赋税，可如果去田间劳动，就无法安心读书，所以这意味着考生家庭的其他成员要替考生承担更多的劳动。其次，唐朝的考试也并不像高考那样只考一场，考生要经过县试、州试等考试才能获得进京赶考的机会。进京赶考可谓千军万马同挤独木桥，进士科需要考诗词歌赋，每年考中的只有二十多人，要想入考官的法眼堪称千难万难。纵然能够高中进士，也不代表就能马上当官，还要通过吏部考试择优录取，可谓层层闯关，着实不易。另外，绝大多数考生都不是长安本地人，在交通还不发达的唐朝，进京赶考需要花费很长时间。到了长安，备考、考试、等待放榜往往需要几个月，这期间的吃住费用对于大多数考生来说还是相当大的。如果落第不中，还要踏上漫漫回乡路，等待来年再考，真可谓"三场辛苦磨成鬼，两字功名误煞人"。

不过一旦考中进士，也可赢得无限风光。不仅长安全城的花园都为新进士开放，等待新进士游览采花，新进士还能享受曲江盛宴狂歌痛饮，大快朵颐，更能在慈恩寺塔下题名告知天下。知道了这些，您就会发现孟郊确实狂得有理，喜得应该！

人生如白驹过隙，忽然而已，转眼我将至知天命之年。最让我开心的是能与历史和唐诗为伴，通过它们，我的生命"触须"变得愈发深沉、豁达、恬淡、通透……

朋友，如果您愿意，请和我同乘唐诗之船重回大唐，笑看风云，指点江山！

"潮平两岸阔，风正一帆悬"，一起来吧！

登鹳雀楼

王之涣

白日依山尽，黄河入海流。
欲穷千里目，更上一层楼。

闻官军收河南河北

杜甫

剑外忽传收蓟北，初闻涕泪满衣裳。
却看妻子愁何在，漫卷诗书喜欲狂。
白日放歌须纵酒，青春作伴好还乡。
即从巴峡穿巫峡，便下襄阳向洛阳。

感 遇

张九龄

兰叶春葳蕤，桂华秋皎洁。
欣欣此生意，自尔为佳节。
谁知林栖者，闻风坐相悦。
草木有本心，何求美人折。

白鹿洞

王贞白

读书不觉已春深，一寸光阴一寸金。
不是道人来引笑，周情孔思正追寻。

凉州词

王之涣

黄河远上白云间，一片孤城万仞山。
羌笛何须怨杨柳，春风不度玉门关。

扫码听诗
粤韵正音

02

这样给

唐朝诗人排序，

我服

　　想要给高手如云、星光璀璨的唐朝诗坛中的诸位英雄排个座次，可谓难如登天。古人云"文无第一，武无第二"，对文学艺术类的东西进行品鉴本身就因赏析者的情绪心境、观赏角度、个人好恶不同而异，根本无法品评高低贵贱。以在唐诗坛中挑大梁的两位巅峰人物李白、杜甫为例，粉丝团的仗从唐朝打到现在，1000多年了还是难分伯仲。何况在唐朝初、盛、中、晚的各个时期，优秀的诗人可谓一抓一大把，怎样才能排出一个让人心服口服的英雄座次呢？我想唯有"盖棺定论"，采用一个绝对的"硬"指标，就拿各位诗人的寿命说事儿吧！

　　我把生卒年月可考我又比较喜欢的30位诗人寿命一一列举出来，由高到低排序如下：

平均年龄约56.9岁

序号	姓名	年龄/岁	序号	姓名	年龄/岁
1	贺知章	85	16	戴叔伦	57
2	李隆基	77	17	权德舆	57
3	白居易	74	18	韩愈	56
4	刘禹锡	70	19	韦应物	55
5	张说	64	20	王绩	54
6	贾岛	64	21	王之涣	54
7	高适	64	22	岑参	54
8	孟郊	63	23	元稹	52
9	王建	约63	24	孟浩然	51
10	张九龄	62	25	杜牧	49
11	李白	62	26	柳宗元	46
12	王维	60	27	李商隐	约45
13	卢照邻	60	28	陈子昂	41
14	杜甫	58	29	王勃	26
15	杜荀鹤	约58	30	李贺	约26

注：参考《钱钟书选唐诗》（人民文学出版社出版），年龄算法：卒年－生年，不确切的用"约"表示。

尔来四万八千岁，好好活着最可贵

通过算这笔年龄账，有两个发现：一是古人所云"人生七十古来稀"果然不虚。且看这30位诗人，活过70岁大关的仅有4位，平均寿命为56.9岁，还达不到今天男性的退休年龄。二是养尊处优并不长寿。以上这些诗人大多属于官僚群体，和普通人民群众相比，他们物质条件优渥，可据了解，唐朝男性的平均寿命为60.6岁，比他们这些人还略高些。

唐朝诗人的寿命冠军

刚读《唐诗三百首》的时候我闹过一个笑话：有一位诗人名叫丘为，简介中说他是嘉兴人，与王维、刘长卿友善，时相唱和。等等，我突然像发现新大陆一样一跃而起，心想可算找到一个漏洞了，在诗歌领域，王维为盛唐诗人，刘长卿则为中唐诗人，且他们之间似乎并没什么交集，丘为怎么能和他俩都友善呢？再回头一看：丘为（约公元703—约798年），这位可是活了95岁？！

在好奇心的驱使下，我立即对他进行了搜索，《唐才子传》云："时年八十余，母犹无恙……"就是说他都八十多岁了，他的母亲还在世，看来长寿是有优秀基因的，那么唐朝诗人的寿命冠军应该非他莫属了！

另外，再来读丘为唯一入选《唐诗三百首》的作品《寻西山隐者不遇》："……草色新雨中，松声晚窗里。及兹契幽绝，自足荡心耳。虽无宾主意，颇得清净理。兴尽方下山，何必待之子。"从诗中可以看出：丘为和隐者相互往来，想必他也是吟风弄月的隐逸高士；"草色新雨中，松声晚窗里"颇有王维辋川之风，眼中有此景色之人，想必也是"心中有佛"的；寻访友人而不遇，非但没有怅然若失、败兴而返的遗憾，反而如道家顺势而为，怡然自得；结尾处更有魏晋名士王子猷雪夜访戴的洒脱、率性。如若"诗如其人"成立，那么从这首小诗中，我们便可探知丘为是何等人物，进而也就明晰了他长寿的原因。

遥想当年子路就生死问题问道于孔子，被孔子用"未知生，焉知死？"怼了回来，可见圣人也是愿意好好活在当下而回避死亡的。可人生在世，既有生，必有死。再看这些大名鼎鼎的唐朝诗人，他们大多数人属于正常死亡，但也有几位没有那么幸运，待我和您聊聊几位非正常死亡的。

王勃——唐朝版"死神来了"

他是唐高宗怒赞的"大唐神童"，他出身世家望族，荣登"初唐四杰"之首，他的名句"海内存知己，天涯若比邻"至今仍被传诵，他的《滕王阁序》"落霞与孤鹜齐飞，秋水共长天一色"惊艳了时光……他，就是王勃，一个满腹才华却脑抽坑爹的孩子。

话说王勃6岁能文，16岁被唐高宗看中，到唐高宗儿子沛王府中工作。一次沛王李贤和自己的兄弟英王李显斗鸡，这本来是皇家子弟再正常不过的娱乐节目，可王勃自恃有才，竟写了一篇挑战书《檄英王鸡》。虽然这篇骈文对仗工整、妙趣横生，可在盛产阴谋、斗争激烈的皇家，就有了浓厚的政治意味。话说二王都是唐高宗和武则天的嫡子，沛王李贤又被称为最像唐太宗李世民的皇孙，文章中"两雄不堪并立，一啄何敢自妄？"等句子极易让人产生联想。唐高宗得知后，龙颜震怒，认为王勃挑拨了二王兄友弟恭的良好关系，拂袖将他赶出长安。可见才华高并不代表脑袋好使，王勃的一时脑抽让自己前途尽毁。

可谁料自毁过后，王勃又犯了脑抽病，而且情况更加严重，坑爹坑到家了。话说被贬出帝都的王勃费尽力气，终于在虢州谋得了一官半职，此时有个叫曹达的官奴犯了罪，王勃却将他私藏起来。在唐朝，私藏罪犯要判重罪，王勃思前想后寝食难安，第二次脑抽发作，把曹达杀死了。可按当时的法律，这个行为性质更加恶劣，属于死罪，他不仅被判了死刑，还连累父亲王福畤被贬到交趾（今越南河内）。但老天眷顾，这一年（公元674年）恰好赶上唐高宗和武则天并称天皇天后，大赦天下，王勃也得以幸免于难。

造化弄人，接下来，王勃便上演了一出唐朝版的"死神来了"。他虽逃过了政府死刑，但对父亲受自己连累被远贬边陲而愧疚不已，于是起身去探望远在交趾的父亲。在归途中，他意外溺水，幸亏被救，本以为能躲过死神，却在岸上惊悸而死。他的生命，永远地定格在了26岁……

骆宾王——放下屠刀，立地成佛

同属"初唐四杰"，还有一位诗人的人生经历堪称小说的优秀脚本，他儿时的作品《咏鹅》至今仍是儿童唐诗启蒙的前三首，他是文人才子，也是反对武则天的揭竿而起的造反派，他就是骆宾王。

骆宾王的诗中有"侠气"，"此地别燕丹，壮士发冲冠。昔时人已没，今日水犹寒"；骆宾王的诗中有"风骨"，"露重飞难进，风多响易沉。无人信高洁，谁为表予心"；骆宾王的诗中有"豪情"，"戎衣何日定，歌舞入长安"。他所倾慕的，是周武王那样去恶除暴的勇者，是荆轲那样义无反顾的英雄，是钟仪那样坚贞爱国的义士，所以他在武则天废唐中宗自立的时候追随徐敬业，起兵讨伐"伪临朝武氏"！

在著名的《为徐敬业讨武曌檄》中，"以此制敌，何敌不摧，以此图功，何功不克"是气吞山河、充满必胜信心的呐喊；"一抔之土未干，六尺之孤何托？"是振聋发聩、直指武则天的质问。据说，当武则天看到此文时非但没有生气，反而指责宰相失职，将如此有才华的人遗之草泽，被徐敬业所用！

但起兵造反不是拼才华就能获胜，武则天说："文才必须要有武功相辅，不然再好的檄文也没用！"充分显示了政治家的雄才大略，果然徐敬业很快兵败，追随他的骆宾王从此也不知所踪……

试问人生最好的结局是什么？恐怕很多人都会说无疾而终。如果蒙上一层浪漫主义色彩的话，一袭白衣，绝尘而去，从此浪迹天涯……会不会更让人羡慕？如若再神秘一些，他日江湖重现，俨然如《天龙八部》中的世外高人扫地僧，气度雍容，和光同尘，拥有绝世武功却深藏不露可好？于是关于骆宾王，就有了下面的传说。

相传"诗才和人品成反比"的诗人宋之问一次游玩至杭州灵隐寺，是夜恰逢月上中天，不由得诗兴大发，漫步长廊间，口中吟得"鹫岭郁岧峣，龙宫锁寂寥"，可往下却一时词穷，接不下去了。此时偶遇一老僧，问其何故，宋之问如实相告，又将刚才那句吟诵一遍，只见老僧捻须微微一笑道："'楼观沧海日，门对浙江潮'可好？"宋之问此时茅塞顿开，一气呵成，作诗曰《灵隐寺》。

第二天，当他再去拜访时，老僧已不知所踪，询问后才得知此世外高人就是骆宾王，和徐敬业起兵失败后他便隐遁至此，"放下屠刀，立地成佛"了……

王昌龄——才名所累，抱屈而死

他曾深入边塞，西出玉门，留下"但使龙城飞将在，不教胡马度阴山""黄沙百战穿金甲，不破楼兰终不还"的盛唐雄壮之音；也曾奋笔疾书，借"更吹羌笛关山月，无那金闺万里愁"痛诉战争的无情残忍；在人生的逆境中，他始终秉承儒家文人的风骨，"洛阳亲友如相问，一片冰心在玉壶"。他，就是"诗家夫子""七绝圣手"——王昌龄。

公元756年，一位年近六旬、风尘仆仆的老人途经亳州，辗转在回乡途中。此时安史之乱已经爆发，李唐江山支离破碎，百姓生活犹如炼狱，老人半生蹭蹬，唯愿叶落归根，终于故土。可亳州刺史闾丘晓闻讯，不问青红皂白就将老人残忍地杀害了。

这位可怜的老人，就是王昌龄。凶手闾丘晓的杀人动机何在？《唐才子传》中仅有"以刀火之际归乡里，为刺史闾丘晓所忌而杀"一句。让闾丘晓所"忌"的许是王昌龄的名望，抑或才华，甚至是王昌龄曾经的军人身份。总而言之，为一己私利而让鲜活的生命暴毙，至今想来，仍让我们咬牙切齿！

放眼大环境，在唐玄宗执政后期，无论是"口蜜腹剑"的李林甫还是"天怒人怨"的杨国忠，身为一朝宰相，哪个不是嫉贤妒能、自私自利呢？他们不择手段打压异己，巧立名目误国害民，在这种社会风气下，一个闾丘晓算得了什么，而含恨九泉的又岂止王昌龄一人呢？

在王昌龄被杀的第二年，困守睢阳拖住安史叛军的张巡告急，河南节度使张镐传檄命闾丘晓引兵急援。俗话说"救兵如救火"，但闾丘晓是个不折不扣的小人，在关键时刻却拥兵作壁上观，最终导致了睢阳陷落！张镐大怒，命令处死闾丘晓。闾丘晓求饶道："我家里还有亲人需要奉养，请饶我一命吧。"张镐愤愤回答："那王昌龄的亲人谁来奉养呢？！"于是，闾丘晓被杖杀，天下人皆拍手称快。可见无论政治如何黑暗，公平正义却自在人心。

李白——一个不会死的人

六神磊磊说："……王昌龄会是唐代绝句首席……"很可惜，他不是，因为这世间有一个李白。

每个人心中都有一个李白。

当年少的你准备走进这个异彩纷呈的大千世界却羞涩、胆怯的时候，他就站在那里，说："宣父犹能畏后生，丈夫未可轻年少。"

而后，当青春的你血脉偾张足够强大到承担什么的时候，他也正跨身上马，笑道："仰天大笑出门去，我辈岂是蓬蒿人！"

当挫折卷席而来，困住彷徨的你在原地打转的时候，他却在狂歌痛饮，大喊："天生我材必有用，千金散尽还复来！"

于是，在李白的鼓励下，我们得以袭一身"欲上青天揽明月"的豪迈，相信有一天会赢得全世界的起立鼓掌！

随后，疲累、无力纷至沓来，人生舞台的灯光暗了，你突然发现他正坐在角落里自斟自饮，嘴里叨念着："醒时同交欢，醉后各分散。"原来，他也如此寂寞。

当这个世界如杂草，如荒丘，当你回头只见离年少的自己越来越远时，你看见他醉了，正在梦中呓语："抽刀断水水更流，举杯消愁愁更愁。"

后来，他醒了，还是站在原地，笑道："长风破浪会有时，直挂云帆济沧海！"

而后，李白似乎就此消失了；中年的时候，你会看到杜甫，然后告诉自己，人是要担负些社会责任的；最后，陪伴你的可能是王维，或者白居易，或者其他人……

李白，有人说他病逝他乡，有人说他醉月而亡。但在我心中，他是不死的。1000多年来，有多少人心甘情愿地活在他营造的豪放、洒脱、不羁中，甚至是愁苦、孤独、失意里。既然他是"谪仙"，那就别让他被世俗所困，给他仙家的待遇好了。

在盛唐璀璨的光芒下，李白曾谱写出耀眼的绝美华章《大鹏赋》。大鹏展翅之时，"一鼓一舞，烟蒙沙昏。五岳为之震荡，百川为之崩奔"。而当经历了安史之乱、山河破败，去国怀乡的李白在离世前，留下了这首《临路歌》："大鹏飞兮振八裔，中天摧兮力不济。馀风激兮万世，游扶桑兮挂石袂。后人得之传此，仲尼亡兮谁为出涕？"如今这只大鹏飞不动了，在空中，他遭遇挫折，折翼了，太阳跃出其间的扶桑树挂住了他的左翼。孔子曾经绝笔于获麟，感慨盛世不再，而李白的知音又在哪里……

大鹏就这样输了吗？绝不！他纵然不能"大鹏一日同风起，扶摇直上九万里"，但他振起的余风，依然能够激荡万世，召唤你我！这只大鹏，就是李白！

但他，又不仅仅是李白！

他是庄子，"鹏之背，不知其几千里也；怒而飞，其翼若垂天之云"；

他是左思，"大鹏缤翻，翼若垂天"；

是李清照，"九万里风鹏正举"；

…………

这只大鹏，更是你我，是背负九天，扶摇直上的自由梦想；是中华民族千年传承，劈风斩浪的希望之光！

万国衣冠拜冕旒，皇帝寿命也堪愁

《唐诗三百首》中32位知名诗人的平均寿命才58岁，有18位诗人都没活到耳顺之年，着实令人叹息！况且，他们绝大多数都非官即贵，都不是在田间地头辛苦劳作的普通百姓，难道是因为物质条件还不够好吗？那么，我们不妨把物质条件提到最高，将目光聚焦在大唐帝国的统治者——皇帝们的身上，看看这些含着金汤匙出生，每天锦衣玉食、高高在上的人，是不是寿命要比普通诗人和百姓长得多呢？

答案很意外，可以用句歇后语来形容，"兔子的尾巴——长不了"！如果不包括女皇武则天（81岁）和傀儡皇帝李重

茂，唐朝20位皇帝的平均寿命居然仅有46岁！（见下图）

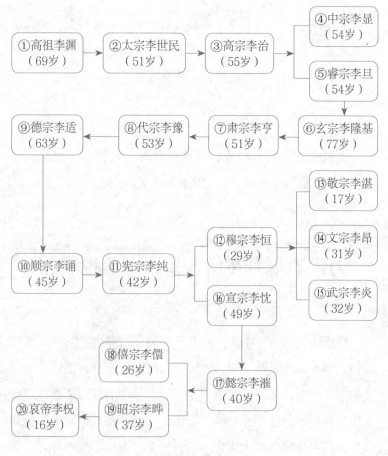

唐朝皇帝寿命图

　　如果仔细看，会发现唐顺宗李诵是一条分水岭，在他之前，皇帝们的寿命都能达到50多岁，他之后，皇帝的寿命就呈现跳水性缩短了。究其原因，既是个人气数，也是天命难违，

和大唐王朝的政治国运休戚相关，不得剥离而视之。自顺宗以后，皇帝们没有一个属于正常死亡，死因不出以下两种：

一是服食金丹导致撒手人寰。唐朝早期的统治者们都想附会名人当自己的祖宗，于是自称是老子李耳的后人，纵观唐朝将近三百年的历史，虽然信仰开放，但道教始终占得一席要地。李白有诗云"早服还丹无世情，琴心三叠道初成"。还丹，就是把丹砂烧出水银，而后炼成"逍遥丸"的过程，时人认为服食金丹后能羽化成仙，长生不老，其实个个水银中毒，服食金丹相当于自杀。唐朝早期雄才大略的太宗就死于服食丹药，而后穆宗、武宗也竞相步了这位老祖宗的后尘。

二是权力相争而被无常索命。唐朝后期的皇帝们活得很窝囊，对内受制于宦官，对外束手于藩镇。除史书明确记载的敬宗打夜狐被宦官所杀外，顺宗、宪宗、文宗等皇帝的死因也有可疑之处，都和宦官有着千丝万缕的干系；昭宗、哀帝两位末世君王则是被藩镇军阀朱温所杀，大唐至此灭亡。

回首凝望，先有高祖李渊建国，太宗李世民"贞观之治"，又经高宗李治、女皇武则天等人延续，到玄宗李隆基"开元盛世""物华天宝"缔造巍巍盛唐，而后安史之乱撕裂河山，唐朝由盛转衰，这些只是唐朝历史轰轰烈烈的上半场。那么，从安史之乱到被朱温所灭，历经150余年的下半场，大唐王朝又经历了怎样的黯然神伤？

兄弟阋墙，朋友陌路

安史之乱爆发后，玄宗携杨贵妃及小部分皇亲近臣逃往蜀中（今四川省）避祸，行至马嵬驿时发生军变，士兵杀死杨国忠，逼玄宗赐死杨贵妃后，太子李亨便和玄宗分道扬镳了。李亨带了一部分人马去灵武（今宁夏回族自治区银川市）自立为帝，是为唐肃宗，遥尊玄宗为太上皇。那时候信息传递速度慢，李亨即位三天后，玄宗还不知道自己已经"被退位"，他发布诏书任命李亨为"天下兵马元帅"，组织军队收复长安、洛阳，同时命其他几个儿子统领各路兵马平叛。此时，天下居然同时出现了两个皇帝，直到一个多月后，肃宗的使者到达蜀中，玄宗才得知这个消息。但为了平叛大计，玄宗只得让位。

看似权力已经交接清楚，天下应当一心平定叛乱了，但此时一股新生的政治势力正在疯狂生长——被玄宗诏命册封为四道节度使兼江陵大都督的永王李璘，横亘江陵，手握重兵，掌管财赋，他再也不是当年那个被肃宗李亨抱在怀里的孩子了，而是在瞬息万变的政治风云中能够和父亲、哥哥分庭抗礼的王侯。得其家族真传，李璘也在权力和亲情面前坚定不移地选择了权力：他拒不接受肃宗的诏命，在江陵厉兵秣马，意图割据江南自立为王。

此时我们熟悉的大诗人李白，带着他"但用东山谢安石，为君谈笑静胡沙"的无限热忱投奔了永王李璘，希望能在其麾下平定叛乱，施展自己在玄宗那里不得施展的才华。他作《永王东巡歌十一首》为李璘摇旗呐喊。肃宗得知，龙颜大怒，便立刻封高适为淮南节度使，出兵剿灭李璘。

话说高适和李白，更是颇有渊源，想当年李白被玄宗召为翰林学士，吟着"仰天大笑出门去，我辈岂是蓬蒿人"，意气风发地来到长安，本以为可以治国理政，指点江山，谁料玄宗只把他当成一个文学弄臣，整天风花雪月、舞文弄墨，因他狂傲不羁，不久玄宗就赐金将他放还了。怏怏不乐的李白离开长安，和他的小迷弟杜甫四处云游，行至河南，遇到高适，三人才气绝伦且惺惺相惜，便一起踏遍青山，吟诗论文，成为至交好友。谁料十几年过去了，俩人摇身一变竟然成为两个阵营的敌人，再也不能推杯换盏、交心而论，只得兵刃相见争个你死我活，不由得让人唏嘘不已！

必须承认，在诗歌领域李白虽完胜高适，但在政治、军事上，他和高适却不可同日而语。面对李璘的叛军，高适攻心为上，使用反间计策反了李璘手下的大将季广琛，并采用疑兵之计，兵不血刃地击溃并擒杀了李璘，肃宗自此少了一个敌人，也失去了一个兄弟。高适出色地完成了使命，最终因功被封为渤海县侯。而李白呢？则因"从逆"沦为阶下囚。在狱中，他向老朋友高适写诗求救，在诗中称赞"高公镇淮海，谈笑却妖氛"，希望高适能念及旧情，施以援手。但高适作为一名深谙官场之道的成熟政治家，始终没有作出任何回应。倒是杜甫虽人微言轻，却忧急地为李白辩解，时刻关心他的安危，"死别已吞声，生别常恻恻。江南瘴疠地，逐客无消息……"

为了高官显禄，知己好友可以形同陌路；为了无上的权力，骨肉至亲也能自相残杀。回望历史，跌宕起伏的大时代总是粗暴地淹没个人的悲欢苦乐、抉择挣扎，最终的一切，只缩减到一个简单的指向性结果罢了。历时8年，安史之乱终于被平定，但各藩镇的节度使却纷纷拥兵自立，不服中央管辖，肃宗的子孙后代，也即将跌跌撞撞地为大唐王朝缓缓拉上帷幕……

宦官专横，皇权旁落

如果把晚唐比喻成一个因病致死的人，那么他得的第一种病是藩镇割据让中枢大脑控制不住胳膊腿儿，第二种病是宦官专权让躯体由内到外溃烂。虽然宦官专权不是唐朝独有的，但要说这些内臣家奴的猖獗程度，历史上确以唐朝最为恶劣。

唐朝早期的皇帝都比较"硬气"，宦官们就像小绵羊一样乖乖的，很听话。到了玄宗时期，高力士虽权倾一时，可谓"一人之下万人之上"，但他个人素养较高，对玄宗又极其忠义，因此皇朝内院没发生什么大问题。肃宗时期，皇帝宠信的大宦官李辅国幽禁唐玄宗、放逐高力士，权倾朝野。代宗李豫能当皇帝，全靠李辅国拥立。所以，李辅国不仅独霸朝堂，甚至连代宗都不放在眼里，他曾当面对代宗说："大家(皇帝的俗称)但内里坐，外事听老奴处置。"狂妄到如此地步，这也就拉开了中晚唐时期宦官猖獗的大幕。他们不仅能手刃朝廷官员（如引发令人发指的"甘露之变"），还能决定皇帝由谁来当（如穆宗就是宦官所立），更有甚者，还能光明正大地杀死皇帝（如敬宗在夜宴中直接被害）……

话说至此，您一定会认为，是不是自安史之乱后唐朝就走上了一条下坡路呢？其实不然，历史总是如羊肠小道一样迂迂回回，在唐朝总体走向衰败的大趋势下，还有两个皇帝值得说说。

无身体，不本钱——唐顺宗李诵

玄宗的重孙子德宗李适（音kuò）是个矛盾结合体，前期他作为平定安史之乱的天下兵马元帅，被绘图凌烟阁作为表彰。即位后他切实做了一些实事：把按户籍收税的"租庸调制"改成根据实际土地面积和贫富等级征税的"两税法"，大大增加了财政收入；又把禁军交给文臣管理，借以抑制宦官；同时打击藩镇割据，颇有一番中兴气象。但是他为人刚愎自用、多疑易怒，任用奸相卢杞，导致朝中大臣噤若寒蝉、万马齐喑，忠直之臣颜真卿甚至被害。在削藩战争中，他急于求成，引发了"泾原兵变"，后果很严重，导致自己一度被赶出长安。当他历经波折回到长安后，他的理政态度发生了180度的大转变：认为禁军还是由宦官管靠谱，藩镇割据只要不触动自己的中央政权就行，于是他姑息养奸的后半生便开始了。因为皇帝是一个必须干到死的职业，他的儿子李诵就比较倒霉，太子一当就当了20多年，直把自己从意气风发的"小鲜肉"熬成了油腻的中年大叔，好不容易熬到公元804年德宗病重，自己马上可以荣登大宝，坐拥天下，43岁的李诵却突然中风，行动不便、口不能言。公元805年，唐德宗去世，李诵被人搀着即位，是为唐顺宗。

李诵是一个很有正义感的人，当太子之时就对宫市等迫害黎民百姓的行为深恶痛绝。"宫市"原本是指宦官拿着皇家的银子到民间去采买物品，但他们为了从中获利，中饱私囊，把所买物品的价格压得特别低，比如明明值100元的东西，他硬塞给你5元就拿走了事，对于辛辛苦苦劳动的平头百姓而言，宫市相当于明抢。白居易在名作《卖炭翁》中曾痛斥宫市之恶：老翁辛辛苦苦砍柴烧得的一车炭，原本应该换成全家老小的"身上衣裳口中食"，而且为了把炭卖个好价钱，他"可怜身上衣正单，心忧炭贱愿天寒"，但谁知惨遭横手，被宫市的宦官拿"半匹红绡一丈绫，系向牛头充炭直"强行抢走，老翁没有丝毫办法，只得听之任之，因为"宫使驱将惜不得"。

李诵原本打算向德宗进言讲明宫市的害处，但他的侍读王叔文悄悄规劝他：在羽翼尚未丰满之前，不要多嘴，以免被多疑的德宗所忌，导致太子之位不保。一语惊醒梦中人，李诵便缄口不言等待时机，自此，他对王叔文非常倚重。后来他成了皇帝，虽然患病口不能言，但头脑却很清醒，还能通过纸笔和人交流，于是他重用王叔文等一批希望改革的才俊之士，如我们所熟知的大诗人刘禹锡、柳宗元等。

改革来势汹汹，不仅罢黜了京兆尹李实等一批贪官污吏，还废除了"宫市""五坊小儿"等宦官恶政，着实让百姓拍手称快。但是改革绝不是快刀斩乱麻那么简单，因为王叔文、"刘柳"等都属于下级官员，很快，这场高歌猛进但缺乏策略的改革就因为触动唐朝中高层官员的利益、限制了内廷宦官的权力及抑制了地方藩镇势力的发展，最终以失败告终，仅仅维持了半年的时间，史称"永贞革新"，又称"二王八司马"事件。

改革失败后，只做了八个月皇帝的顺宗就被自己的亲儿子赶下台，当了太上皇，不久暴毙而亡。锐意进取支持改革的皇帝已成明日黄花，改革派们当然难逃厄运：王叔文被杀，柳宗元、刘禹锡等八人被贬为边远地区的州司马。此后追随这两位大诗人命运的，是永远也挥之不去的"永贞革新"阴影，虽然在10年之后，朝廷将他们再次召回长安，谁承想又节外生枝，刘禹锡的一首《游玄都观》被人牵强附会，导致"刘柳"二人再次被贬远州，柳宗元最终死在柳州刺史任上，刘禹锡纵有满腔热情、一身才华，却再也没有进入朝廷的核心位置。

"永贞革新"之所以失败，还有一个非常关键的因素——唐顺宗李诵的身体。他因中风生活不能自理，口不能言，只能采取以下流程下达诏书：改革集团提出意见，由他的爱妃牛昭容和宦官念给他听，同意就点头，不同意就摇头，而后再草拟圣旨告知中书省来执行。明眼人一看就知道这种方式非常不靠谱，被牵制的因素太多，改革派和皇帝的意见也会打一些折扣。试想如果顺宗能有一个好身体，焉知不是另外一番光景？可见"身体是革命的本钱"真的是千年不变、古今公认的硬道理！

一人之力难回天——唐宣宗李忱

当历史的指针指向晚唐，在国势日渐衰颓的大趋势下，出现了一个缔造"小阳春"的皇帝，他就是顺宗李诵的孙子——宣宗李忱。

李忱的经历很传奇，他为成为帝王走了一条装疯卖傻到出家为僧最后荣登大宝的曲线救国之路。他是唐穆宗的弟弟，穆宗死后政局非常动荡，他的三个儿子都相继成为皇帝又不久横死，历史上称敬宗、文宗、武宗。李忱是这三位皇帝的叔叔，他岁数不大，比文宗还小一岁，被封为光王，三兄弟称他"光王叔"。因为他为人木讷寡言、呆呆傻傻，文宗、武宗等人常常以逗他说话为乐。难道他真是一个"人畜无害"的傻子吗？在风雨晦明、政治动荡的时代，并不尽然。传说武宗后来看破了李忱的装疯卖傻，怕他和自己争夺皇权，就命令一个叫仇公武的宦官杀死他，但武宗留了一手，没有告诉仇公武要杀死李忱的真正原因。这仇公武也不是一个只懂执行命令的犬牙，他表面答应武宗会去杀死李忱，心中却盘算着武宗的身体不好，在这风云变幻的朝局里一定要多留一手，要是能立一个智商低却辈分高的傻子当皇帝，自己必然能呼风唤雨、权倾朝野。于是他瞒着武宗，偷偷把李忱送出皇宫，让他出家为僧。

李忱出家后四方游历，一次登临江西百丈山，忽见青山在侧，白云四合，苍松翠柏，飞瀑流泉，不禁感慨万千，真情流露，于是赋诗《百丈山》，诗云：

大雄真迹枕危峦，梵宇层楼耸万般。

日月每从肩上过，山河长在掌中看。

仙峰不间三春秀，灵境何时六月寒。

更有上方人罕到，暮钟朝磬碧云端。

这哪里是四方云游挂单的僧人，分明是胸怀江山社稷、日月乾坤的帝王啊！可见一直以来被称为"光王叔"的李忱只是在韬光养晦，这诗中流露出的英武、高雄之气是无法掩盖的！

后来，李忱和希运禅师同游江西宜丰黄檗山，在一条瀑布前，希运禅师举头高望，口中吟诵："千岩万壑不辞劳，远看方知出处高。"李忱不假思索，脱口而出："溪涧岂能留得住，终归大海作波涛。"可见，此时他在心中已经做好了准备，"金鳞岂是池中物"，现在等待的，只是一个机会！

3年后，武宗因服食过量丹药而死，在仇公武等宦官的扶持下，李忱登基，是为唐宣宗。

当他坐上大唐皇帝宝座之时，眼中散发的再也不是往日混混沌沌之光，宦官们突然发现自己拨错了如意算盘，这么多年原来都被骗了，但是悔之晚矣！

宣宗上任后雷厉风行，他贬斥了武宗时的李党领袖李德裕，一举结束了困扰唐朝后期几十年的内耗"牛李党争"，强化了帝王的权力。对外，他不断击败回鹘、党项等周边入侵大唐的少数民族，并收复河湟地区，取得了对吐蕃战争的重大胜利。对内，他勤俭治国，体恤百姓，明察果断，事必躬亲。他曾经赏赐给拥立自己的宦官马元贽一条玉带，当他发现这条腰带系在宰相马植身上时，马上敏锐地察觉到内官与外臣结党的隐患，直接贬黜了马植。他还把太宗的《贞观政要》写在屏风上，每每正色拱手拜读。在他一朝当宰相时间最久的令狐绹说："虽然自己最受皇帝宠爱，执掌大权，但是每次和唐宣宗议政的时候，都会冷汗不止。"可见宣宗是个铁腕皇帝，执政能力非常强。因此，他被后人称作"小太宗"，他统治的时期被称为"大中之治"，他的很多政绩到唐亡后还被人称颂。

虽然宣宗缔造了一段短暂的政治回暖时期，为垂危的大唐帝国又续了一口气，但此时此刻，唐朝的躯体已被藩镇割据、宦官专权两个巨大的毒瘤侵害得积重难返，命不久矣，宣宗这束光，只是大唐临死前的回光返照罢了。他本人也最终难逃唐朝后期皇帝必然横死的怪圈——服食丹药过量而死。

末代皇帝，时代挽歌

唐朝的末代皇帝是哀帝李柷（音chù），"哀"这个谥号代表恭仁短折，就是寿命不长，他13岁被立，15岁被废，16岁被毒杀。在当代青少年"16岁花季"生机蓬勃的年龄，这个出生在帝王家的"小鲜肉"还没感受年轻的美好就结束了短暂的一生。哀帝用自己颤抖的手，拉上了曾经风流强盛的大唐王朝的帷幕，只留下挣扎无奈、悲哀沉痛的片段，组成一首令人唏嘘感慨的时代挽歌，任由后人品鉴回味……

荀子云："天道有常，不为尧存，不为桀亡。"时间的车轮哪管人间的兴亡苦乐，它遵从的规律，是永远地滚滚行进！星燧贸迁，江山自有后来客。从此，中国历史进入了混乱动荡的五代十国……

送杜少府之任蜀州

王勃

城阙辅三秦，风烟望五津。
与君离别意，同是宦游人。
海内存知己，天涯若比邻。
无为在歧路，儿女共沾巾。

在狱咏蝉

骆宾王

西陆蝉声唱，南冠客思深。
不堪玄鬓影，来对白头吟。
露重飞难进，风多响易沉。
无人信高洁，谁为表予心。

出塞

王昌龄

秦时明月汉时关，万里长征人未还。
但使龙城飞将在，不教胡马度阴山。

芙蓉楼送辛渐

王昌龄

寒雨连江夜入吴，平明送客楚山孤。

洛阳亲友如相问，一片冰心在玉壶。

卖 炭 翁

白居易

卖炭翁，伐薪烧炭南山中。

满面尘灰烟火色，两鬓苍苍十指黑。

卖炭得钱何所营？身上衣裳口中食。

可怜身上衣正单，心忧炭贱愿天寒。

夜来城外一尺雪，晓驾炭车辗冰辙。

牛困人饥日已高，市南门外泥中歇。

翩翩两骑来是谁，黄衣使者白衫儿。

手把文书口称敕，回车叱牛牵向北。

一车炭，千余斤，宫使驱将惜不得。

半匹红绡一丈绫，系向牛头充炭直。

扫码听诗
粤韵正音

03

长寿诗人第四名刘禹锡：

他和他的中唐

　　按照唐朝著名诗人寿命表的顺序，我们来和大家说说排名第四的诗人。他就是继承屈原"亦余心之所善兮，虽九死其犹未悔"的精神，"两首玄都观桃花诗误终身"的"诗豪"刘禹锡。

道是无晴却有晴，"诗豪"小刘很不同

唱支山歌给你听

和大多数人一样，我小时候背的第一首刘禹锡的诗是大名鼎鼎的《竹枝词二首·其一》："杨柳青青江水平，闻郎江上唱歌声。东边日出西边雨，道是无晴却有晴。"这首诗简直太美了，清新淳朴，与众不同。还有一首诗给我的印象也特别深刻："山桃红花满上头，蜀江春水拍山流。花红易衰似郎意，水流无限似侬愁。"后来妈妈告诉我，这些诗其实都是唐朝民歌的歌词，经过1000多年，虽然我们现在不会唱唐朝民歌了，但歌词读出来仍觉得悠扬动听，余音绕梁，仿佛可以看见青年男女站在江边你一句我一句对歌的情景，男孩们憨直朴实，女孩们娇俏可人。

幼儿能懂的怀古诗

还是小时候，刘禹锡的《乌衣巷》也是我早早会背的一首诗："朱雀桥边野草花，乌衣巷口夕阳斜。旧时王谢堂前燕，飞入寻常百姓家。"那时候我根本不懂什么六朝历史，也没听说过王导、谢安，以为只是在写日色将尽的余晖照映着桥边的野花野草，一只轻快的小燕子在百姓家的房檐下飞进飞出，就像在我姥姥家的屋檐下做窝的小燕子天晚了就回巢一样，只不过感觉写诗的这个人并不像我看见的小燕子那样高兴，而是有点淡淡的忧伤。还有一首《石头城》就更伤感了："山围故国周遭在，潮打空城寂寞回。淮水东边旧时月，夜深还过女墙来。"懵懵懂懂的，我能感受到国家兴衰、光阴流转的沧桑了。

你是一个什么样的人

确实是懵懵懂懂，刘禹锡的两类诗歌不知不觉地住进了我的心里，长大后通过更深层次的阅读，我明白了小刘同学将民歌化成诗歌，不光是为了描述当地的风物民俗，更是借其为酒杯，用来抒发自己在政治上被排挤、抑郁不得志的块垒，因此有这样的《竹枝词九首·其七》："瞿塘嘈嘈十二滩，此中道路古来难。长恨人心不如水，等闲平地起波澜。"另外，因长期与百姓生活在一起，小刘不单单把人民劳动的情形作成诗来歌颂他们的勤劳，更是看到了这背后统治阶级骄奢淫逸、不顾人民死活的残酷事实，因此也有了这样的《杂曲歌辞·浪淘沙》："……日照澄洲江雾开，淘金女伴满江隈。美人首饰侯王印，尽是沙中浪底来。……"

随着年龄的增长，再读刘禹锡的怀古诗，才懂得他不光伤心感慨，用一种充满"嘲讽"的口气针砭时弊，更是怀着一颗拳拳赤子之心以求唤醒当朝统治者，比如《台城》中的"千门万户成野草，只缘一曲后庭花"。

提及唐朝诗人，盛唐的"李杜""王孟"大笔如椽，永远占据着舞台的C位；然而说起中唐，谁能逾越"一篇长恨有风情"的白乐天呢？他和好友元稹等人倡导的"新乐府运动"指斥时弊，让"权豪贵近者相目而变色""执政柄者扼腕""握军要者切齿"，但却赢得了千百年来人民的口碑。在中唐时期，除了会写诗歌以外，会写一篇好文章也成了著名文人的标配，热爱文学的人有谁不知道轰轰烈烈的"古文运动"？而唐朝入选"唐宋八大家"的只有韩愈和柳宗元啊！

如此历数，小刘同学仿佛在唐朝诗人里要站到二线诗星的行列，在撰写文章方面又不如"韩柳"，并不算出众。但在他身上有那么一股劲儿，是其他人少有的，也正是这股劲儿才让他赢得了"诗豪"的美誉！那么，刘禹锡有怎样的人生经历让他如此豪气干云呢？

首先借一句诗来看看小刘同学的自我评价："巴山楚水凄凉地，二十三年弃置身。"我再来给您算笔账，小刘一共活了70岁，被贬的年头长达23年，也就是说人生有三分之一的时间都被贬谪在外，走了一条回京—贬了—回京—再贬的硬性死循环之路。是的，如果我没记错，他应该是唐朝被贬时间最长的诗人，这个第一把交椅坐得是当仁不让。

说到这您可能会问为什么。这是因为他参与了一场名叫"永贞革新"的中唐"大革命"，他那时正值而立之年，风华正茂，和几个同样怀有治国梦想的小伙伴儿（有我们熟悉的大诗人柳宗元）想力挽狂澜，限制宦官权力，抑制藩镇割据，挽救江河日下的国家。但是他们走得太快了，采取的措施过于激进，政治改革哪里是振臂一呼"敢教日月换新天"那么简单。何况支持他们的顺宗皇帝身体又不好，即位时已经中风不能说话，所以朝中分为两派，很多大臣准备拥立太子李纯为帝。最终，在宦官和藩镇势力的联合反扑下，顺宗禅位给太子李纯后不久就暴毙了，新政仅仅实行了一百八十三天就宣告失败。新即位的宪宗对不支持自己即位的改革集团进行清算，为首的王叔文被杀，其他核心人员被集体贬谪到地方上任闲职，并被通告永不起用。

当狼狈地离开长安，飘零在穷山恶水、瘴疠之地时，他们深切地感觉到政治的瞬息万变和残忍无情！曾经有多少权柄在手的风光，似乎后来就有多少伤心凄凉的落魄。尽管那时候皇帝换得有点频繁，但终小刘同学的一生，再未触碰到中央权力的核心。对于他们这些锐意进取的改革派来说，丧失权力并不意味着荣华富贵的灰飞烟灭，而是报国理想的付之东流，是面对天下苍生艰辛苦难的无能为力，也是眼睁睁看着国家江河日下的无可奈何！

也许是天生而来，抑或是后天修炼，刘禹锡身上的那股劲不是王维"晚年惟好静，万事不关心"的佛系，也不是白居易"朝随落花相伴出，暮随飞鸟一时还"的闲适，他和杜甫一样始终心系苍生，却不像杜甫那般苦大仇深，他不同于其他人的，是豪气、乐观！

心若向阳，无谓悲伤

　　小刘同学被唐宪宗赶出长安发配到朗州，也就是今天的湖南常德，担任的也不是要职，而是"司马"这种虚职小官。想当年在长安，他担任屯田员外郎，判度支盐铁案，掌管着大唐帝国的财政命脉。门吏每天接到的信件有几千封，刘禹锡一一回复，用来封信封口的糨糊就要用一斗面，可谓呼风唤雨，风头无两。如今被贬到瘴疠之地，料想也应凄凄惨惨，志气消沉了吧！况且在清清冷冷的秋天，几乎所有的文人都在犯着同一个毛病——"悲秋"，但我们的小刘绝不，他登高望远，发现了秋的美丽，于是仰天长啸："自古逢秋悲寂寥，我言秋日胜春朝。晴空一鹤排云上，便引诗情到碧霄。"

　　而后，他多次经历了算计排挤，因为在玄都观题桃花诗这种"欲加之罪，何患无辞"的理由，宪宗匆匆收回了向他抛出的橄榄枝，迅速扑灭了他刚被点燃的希望之火。转眼间，刘禹锡在巴山楚水间度过了23年，此时的朝廷，宪宗被宦官杀害，皇帝更迭变换，刘禹锡也得到了回京的机会。公元826年岁暮，他和神交已久的笔友白居易在扬州进行了人生中的第一次会面。酒酣耳热之际，白居易对他的遭遇深感不平，作诗：

醉赠刘二十八使君

为我引杯添酒饮，与君把箸击盘歌。

诗称国手徒为尔，命压人头不奈何。

举眼风光长寂寞，满朝官职独蹉跎。

亦知合被才名折，二十三年折太多。

朋友有赠诗，小刘同学就有酬答，他是怎么说的呢？是借着白居易的话头将23年的满腹牢骚发泄出来，大骂皇帝昏庸，痛诉自己委屈吗？绝不，他这样写道：

酬乐天扬州初逢席上见赠

巴山楚水凄凉地，二十三年弃置身。

怀旧空吟闻笛赋，到乡翻似烂柯人。

沉舟侧畔千帆过，病树前头万木春。

今日听君歌一曲，暂凭杯酒长精神。

这首诗中诞生了我心中排名第二的小刘金句："沉舟侧畔千帆过，病树前头万木春。"此时，他的老母因不能适应所贬之地的气候，染疾而死，而和他有过命交情的好友柳宗元也于同年在任上抑郁而终。是的，"永贞革新"是他们前所未有的荣耀，同时也给他们带来了纠缠一生的灾难！在咬牙挺过23年之后，刘禹锡这个真真正正的乐天派面对无数人生苦难却依旧能仰天长啸，既然人生还未结束，机遇又转身而来，与其在心中一遍一遍地重复苦难折磨自己，何不面对知音痛饮狂歌！

转眼间，又过了11年，同庚的"刘白"二人，都已是65岁的老人了。困扰他们的，再也不是政治场上的失意得意，而是作为普通老年人不得不面对的躯体日益苍老的现实境况了，白居易和老刘拉起了家常，抱怨日渐衰老：

咏老赠梦得

与君俱老也，自问老何如。

眼涩夜先卧，头慵朝未梳。

> 有时扶杖出，尽日闭门居。
>
> 懒照新磨镜，休看小字书。
>
> 情于故人重，迹共少年疏。
>
> 唯是闲谈兴，相逢尚有馀。

是啊，老了以后，眼睛也干涩发花，神气也不在了，出门得拄着拐杖，平时最爱家里蹲，小字的书看不清楚，新磨的镜子太清晰，不忍看自己苍老的面容，只得把它扔在一边……白居易说的句句属实，这就是垂暮老人的客观状态，老刘呢？他服老了吗？绝不！他和诗回答老白：

酬乐天咏老见示

> 人谁不顾老，老去有谁怜。
>
> 身瘦带频减，发稀冠自偏。
>
> 废书缘惜眼，多灸为随年。
>
> 经事还谙事，阅人如阅川。
>
> 细思皆幸矣，下此便翛然。
>
> 莫道桑榆晚，为霞尚满天。

这首诗中诞生了我心中排名第一的老刘金句："莫道桑榆晚，为霞尚满天。"是的，人上了岁数，身体瘦了，头发少了，眼神不好了，疾病也来找了，老白的问题，老刘都有。但是老刘却未曾消沉下去，他以豪迈之姿劝慰朋友，可千万别觉得人老了就没用了，将落的太阳还能散发出满天霞光，一副"最美不过夕阳红"之姿。相较之下，我想起当年上官婉儿对沈佺期和宋之问的诗评，也非常适用于"刘白"二人，老白是

"词气已竭"，老刘却是"陡然健举，若飞鸟奋翼直上，气势犹在"。当然，这不是说他们的诗作，而是说面对同样的衰老，两人展现出了完全不一样的人生状态。老刘，你的乐观昂扬，通达豪兴，自是妥妥地赢了！

茅屋已倒，陋室不倾

唐朝诗人给我们留下两间房子，一是杜甫的"茅屋"，二是刘禹锡的"陋室"。可那茅屋终究还是被秋风所迫，"床头屋漏无干处，雨脚如麻未断绝"，无论杜甫也好，后世仁人志士也罢，他们穷尽其能也终未"安得广厦千万间，大庇天下寒士俱欢颜"，未能建造出这样的房子安顿天下苍生，在现实世界，这房子不过是文人理想赤诚却不实际的乌托邦罢了。

再观刘禹锡的"陋室"："谈笑有鸿儒，往来无白丁。可以调素琴，阅金经。无丝竹之乱耳，无案牍之劳形。"千百年来，它屹立不倒，固守的，是内心的一方净土。这"陋室"不会倾倒，反而吸引了更多的后人：有南宋陆游在"老学庵"中博览群书，"万卷古今消永日，一窗昏晓送流年"；有明末清初张岱在"不二斋"中隔绝凡尘俗世，"余解衣盘礴，寒暑未尝轻出，思之如在隔世"；有清代蒲松龄在"聊斋"中相会狐鬼花妖精魅，"写鬼写妖高人一等，刺贪刺虐入骨三分"；又有近代梁启超在"饮冰室"中潜心思考中国社会走向，探讨中西文化融合……这些"陋室"永远不倒，它是内心的固守，也是精神的独立，更是灵魂的庙宇，有了它的护佑，世间的疾风骤雨才没有打落在我们的心上！

这"陋室"不从刘禹锡始，但几千年来，却以他为大成，小刘的这股劲儿让他终于修炼成"豪"。希望当我们陷入人生的窘困时，也能如他一样，淡然反问："何陋之有？！"

岂如春色嗾人狂，百花齐放话中唐

大历五年（公元770年）冬，从潭州驶往岳阳的一条小船上，贫病交加的杜甫走到了生命的尽头。远处的云和江水混淆在一处，氤氲而压抑，杜甫似乎预见了死神的来临，这么多年他颠沛流离、辗转各地，所见所闻都是百姓的血泪彷徨、哀号痛哭。盛世崩塌、民生凋敝，这茫茫天地间可还有他的留恋？他最尊崇、喜欢的"飘然思不群"的李白已经去世8年了，和他"携酒重相看"的好友高适也已经去世5年。"飘飘何所似，天地一沙鸥"，杜甫再次吟诵起了自己的诗句，他苦的不是老迈羸弱、贫病交加，他内心最大的痛楚莫过于偌大天地间已经没有让他挂牵、倾诉衷肠的知音！那些人，都随着盛唐大厦的倾倒化作了午夜梦回的追忆……

小舟顺着江水漂流而下，最终化作江天间的一个白点，一代"诗圣"自此溘然长逝，一个时代也悄然落幕了……

诗歌中的盛唐，好似李白笔下"飞流直下三千尺，疑是银河落九天"的瀑布，输送着源源不竭的豪迈和"黄河之水天上来"的气度，在历史上发出振聋发聩的鸣响。抑郁而终的杜甫不会知道，诗歌的血脉并没有断流，他仿若天地沙鸥般孤独的身影并没有随着生命的结束而消失。唐诗经历了"大历十才子"的平淡低徊，又进入了一方柳暗花明的新天地，这个新天地，叫作"中唐"。在那里，杜甫深得韩愈、白居易等文坛翘楚的推崇，化作了搏击长空、引领遨游的雄鹰！

诗歌中的中唐，是一座浮在烟渚上群芳争艳的大花园，"江流宛转绕芳甸"，这里的似锦繁花摇曳多姿，芳香可人，它们相互依存，交相辉映，用美丽的舞姿演奏着一首首和谐悠扬的交响曲，让人感到情深意笃而又温情脉脉。

从下图中可以看出，中唐诗人能以"诗豪"刘禹锡为圆心编织出好大一张关系网，那个时代我们熟悉的诗人无不囊括其中。个中原因我认为有两点：一是刘禹锡活得长，他活了70岁，历经唐朝的七个皇帝；二是刘禹锡游历广，他从江南来到京城，从中央被贬到地方，又从地方回到中央，所以成了中唐诗人中的一个代表人物。在他的朋友圈中，他和绝大多数人的关系也并不复杂，都可以归纳成两个字——"朋友"。

刘禹锡出生在江南，那时候，很多有声望的名门之士要么为躲避安史之乱纷纷安家至此，要么在此为官或隐居。刘禹锡在八九岁的光景就到杼山的妙喜寺中向皎然、灵澈两位禅师学习诗文，而皎然、灵澈和"茶圣"陆羽、大书法家颜真卿等人在"三癸亭"中又有着说不完的佳话。

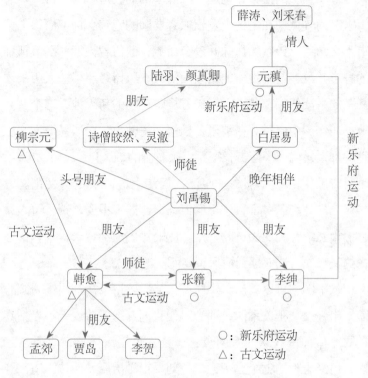

刘禹锡的朋友圈

刘禹锡这辈子最重要的朋友非柳宗元莫属，他们自成"刘柳"实力偶像组合。他们兄弟俩的命运十分相似：同榜考中进士，后又同朝为官，接着意气风发，在长安城开展了轰轰烈烈的改革——"永贞革新"。而后改革失败，哥俩一同被贬，时隔多年又一同被召回，却因小刘的一首《元和十年自朗州至京戏赠看花诸君子》讽刺朝中达官显贵再遭贬谪。刘禹锡被贬播州（属今贵州省），柳宗元被贬柳州（属今广西壮族自治区）。播州山高路远，刘禹锡还要带着老母同行，蛮荒之地，瘴气肆虐，老母年迈，刘禹锡愧疚难忍却无可奈何。这时，柳宗元挺身而出，要和他对调目的地。虽然没能成功，但刘禹锡在裴度等人的帮助下改放连州（属今广东省），柳宗元的义薄云天让两人的友情在政治翻云覆雨、人心叵测无常的背景下显得弥足珍贵！可惜在这次被流放的3年后，柳宗元天不假年，病死在任上，年仅46岁，再也没能回到他魂牵梦萦的京城。

刘禹锡下半生最重要的朋友当推白居易。"四海齐名白与刘"，他们自扬州初相遇后，就从未间断酬唱诗文。在经历了诸多波折之后，两人都把所感所悟化作诗文，觥筹交错间，耳酣面热时，或当面口占，或付之笔墨，一来一往，一赠一答，终成《刘白唱和集》五卷。

除柳宗元和白居易之外，刘禹锡同韩愈、张籍、李绅等都为好友，互有酬唱诗文存世。

聚是一团火

随着社会大环境发生巨变，中唐的一众诗人不再像盛唐的诗人们那样可以在国家太平富庶的摇篮中，一面高歌猛进地唱着"功名只向马上取，真是英雄一丈夫"，歌颂开疆拓土、建功立业；一面自信地吟着"致君尧舜上，再使风俗淳"，渴望为盛世帝国添砖加瓦。中唐的诗人们，迫于国家式微的大环境，少了些像李白一样抬头望天的激昂和豪情，多了些像杜甫一样低头看地的深沉和责任，逐步把目光聚焦到百姓身上。

在刘禹锡、柳宗元等人参与的轰轰烈烈而又异常短暂的"永贞革新"结束后，唐朝再次迎来了一位奋发有为的青年皇帝——唐宪宗，他眼见大唐王朝中央权力日益薄弱，而藩镇权力愈发膨胀的局面，便连年发兵讨伐藩镇以削弱其势力，进一步强化中央集权，出现了短暂的"唐室中兴"的盛况。盛况点燃了一众中唐诗人官员强烈的国家使命感，他们太希望通过自己的努力辅佐明君重回大唐盛世了。于是，当时作为谏官的白居易效仿起了初唐的贤臣魏征，以"文死谏、武死战"为情怀担当，和好朋友元稹联袂开展了"新乐府运动"。他们向杜甫学习，希望把作诗的目的恢复到当年《诗经》和汉乐府讽喻时事的传统，诗作不应该是花前月下佐餐就酒的小菜，而必须是可以"救济人命、裨补时阙"的社会良药！于是他们凭借着一腔儒家知识分子"达则兼济天下"的热血，*惟歌生民病，愿得天子知*，写出许多讽喻诗，针砭时弊，希望明君唐宪宗能够听到百姓在困苦生活中最真实的呐喊。

"新乐府"中有我们非常熟悉的《卖炭翁》痛诉宦官宫市等同于明抢的恶行，也有《上阳白发人》揭露宫廷吞噬年轻貌美宫女青春和生命的黑暗，更有《轻肥》传承杜甫*朱门酒肉臭，路有冻死骨*的精髓，直斥社会阶层差距明显。同时，元稹、张籍、王建等诗人官员也纷纷加入"新乐府运动"，掀起了一股"爱之深，责之切"的批判主义高潮。

此时的白居易极像一个手拿利刃的战士，他振臂高呼，冲在队伍的最前方，不顾布满荆棘的道路刺破了双脚，他坚信曙光就在前方，他一定会等到天亮，那时候迎来的，将是和当年盛唐王湾在北固山下看到的"海日生残夜，江春入旧年"一样可以比肩"开元""天宝"的盛世！但白居易们太过简单和理想化了，这一首首"新乐府"的确像一把把利刃，戳进了当朝权贵和宦官的心窝子，直让"权豪贵近者相目而变色""执政柄者扼腕""握军要者切齿"。这些权贵和宦官奢靡享乐，只知道沉醉于自己的私欲名利，他们怎能容忍那些通过科举飞入朝堂的知识分子官员？况且那些知识分子既没有朝廷大员为他们撑腰，也没有成为宪宗皇帝依赖的重臣。此时的唐朝确实已经病入骨髓、积重难返，纵使宪宗想要改变社会状况和国家现状也力不从心。不论在哪个圈子，都遵循着"水至清则无鱼"的生存法则，白居易的逆耳忠言已经让宪宗不耐其烦，于是终于以武元衡遇刺事件为导火索，宪宗对白居易轻轻地挥一挥手，便将他流放江州。江州是白居易生命中最重要的转折点，在那里等着他的，是一次浔阳江头的送别，一个惹得他"江州司马青衫湿"的琵琶女，更是让他完成了从"兼济天下"到"独善其身"的人生转型……

在同时期，还有韩愈和柳宗元倡导的"古文运动"。"古文运动"和"新乐府运动"发生的大背景相同，但也有很多不同之处，领域也由诗歌变成了文章。韩愈被后人尊称为"文章巨公"和"百代文宗"，他擅长各种文体，其赋、诗、论、说、传、记、颂、赞、书、序、哀辞、祭文、碑志、状、表、杂文都有佳作，我们上学时必背的《马说》《师说》均出自他手。而他本身，既是张籍、孟郊等一众大诗人的伯乐，又扮演着中唐千里马的角色。柳宗元以一首清冷孤寂的《江雪》被我们熟知，而他本身，在终生咀嚼政治失败带来的苦果中，也将目光转向自己的内心，在蛰居永州、柳州的痛苦日子里，他修炼出了一种高屋建瓴的哲学眼光，让自己的诗文从此有了凌厉古今的深度。

"韩柳"二人掀起的"古文运动"，表面上倡导"复古"，是对文风、文体和文学语言进行的一场文学革命，但其精神内核却是复兴儒家传统。于是，从帝都长安到东都洛阳，一众知识分子纷纷投入其中，使得"古文运动"的领地日益扩大。韩愈当年这样评价他的前辈李白和杜甫，说"李杜文章在，光焰万丈长"。后人又这样评价他和柳宗元，说"谁怜所好还同我，韩柳文章李杜诗"。江山代有才人出，他们在更迭和传承间，汇成了中华民族从未断流的文明长河。

有人说"古文运动"相当于唐朝版的"文艺复兴"，我觉得所言极是，"古文运动"确实像一团炽烈的火焰，它的光和亮，还要延续到宋朝。那里，有赫赫有名的欧阳修、苏轼在等待，他们将会接过这时代和文明的薪火，让熊熊火光再次照亮历史的沉沉黑夜！

散是满天星

悉数中唐的一众诗人，几乎没有谁能逃离在宦海中历经沉浮的命运。中唐，是唐朝社会转型的关键时期。这些诗人，要么出身于没落的门阀贵族，要么出身于中小地主之家，大唐的帝都长安，永远是他们引领而望的地方。待他们历经无数个寒窗苦读的日夜，通过科举考试改变命运，终于站在朝堂之上的时候，走马灯似的中唐皇帝们却没有给他们太多"但用东山谢安石，为君谈笑静胡沙"的机会，反而因为他们的耿直善言让他们遍尝了贬谪的苦果。于是，在一众中唐诗人的青春和生命中，总少不了从长安城到南方蛮荒、瘴疠之地周折辗转、颠沛流离的故事。

然而，他们不是如孟浩然般彻头彻尾的布衣，他们有一个共同的名字——中唐官员。既然是官员，即便遭受贬谪职位迅速下降，肩膀上也承担着政府官员的各种责任，有的责任还很重，需要做好一方之长，管好自己一亩三分地上老百姓的吃喝拉撒。

遭受贬谪虽然给诗人们的内心带来了极大的痛苦和波澜，但他们在一次又一次地离开长安城，停留在或巴山蜀水、或洞庭湘江又或百越文身地的时候，也打破了中原的文化壁垒，将文明的种子播撒到大唐或贫穷落后、或未曾开发的土地上。

爱民，不仅涌动在中唐诗人们的内心深处，还诉之于他们的笔墨纸间，更通过中唐诗人们务实的脚步转化成了一件件具体的行为。他们在所到之处，无不为当地百姓宣扬德化、旌表忠孝节烈、移风易俗、兴建学堂、推举人才，这些善政、善举，有的至今仍被我们铭记。

刘禹锡在担任苏州刺史期间，积极应对水灾，一边走街串巷，慰问贫苦人民，一边上奏朝廷，为百姓申请救灾物资，同时还减免了赋役，并积极疏浚河道，相当于唐朝版的"大禹治水"。

柳宗元在柳州兴办学堂，狠抓教育，鼓励当地孩子积极读书，从根本上提高当地子民的素质。在政事之余，柳宗元还和青年学子共同探讨诗文，对他们谆谆教导。由于柳州地域偏僻，医疗卫生条件很差，柳宗元一方面严令禁止江湖巫医和算卦先生到处打着治病的旗号骗人，另一方面通过积极发展卫生事业来为当地百姓提供医疗保障。

另外，韩愈在潮州为百姓治理鳄鱼之灾；白居易在忠州亲自带领百姓开山辟路、植树造林；元稹在同州针对田地不均、赋税不公的现状，通过深入的调查研究，提出"手实法"进行改革，并大胆挑战中唐弊政"羡余"，减轻百姓负担，留下了"元稹宏志治同州"的佳话。

在古人的观念中，秋天是肃杀、凄凉的，悲秋，是历代诗人递相沿袭的主题，但谪居朗州的刘禹锡却反其道而行之，他发现了秋天的美，为秋天发出了不一样的声音。从"自古逢秋悲寂寥，我言秋日胜春朝"的直抒胸臆，到"试上高楼清入骨，岂如春色嗾人狂"的铿锵吟唱，《秋词》，更像是为中唐这个时代的诗人群体唱出的豪迈颂歌：虽然他们所处的大唐已经失去了春天的蓬勃和夏天的火热，但他们仍旧可以并肩挽手屹立，用自己弱小的身躯扛起家国的责任。中唐朋友圈笃定而又生死相依的友情，和他们超越诗人群体、拓展自身、不断探求突破的果敢，向后世展现出了如秋一般的绚烂多姿，让我们啧啧称道！

生前身后名

武宗会昌六年（公元846年）的秋天，正是洛阳城南香山上红叶满山绚烂的时候，香山寺中依旧晨钟暮鼓，白居易在参禅打坐之际，突然想起了他的一众好友，他们都已逝去了，此生与他最情真意笃的元稹早已去世多年，"闻道咸阳坟上树，已抽三丈白杨枝"，晚年陪他酬和交游的刘禹锡也已经去世4年了。大唐的光焰越来越暗了，只剩下些许的余温，不过，温庭筠、李商隐这两个年轻的后生他还是很喜欢的，将来的诗坛，一定会有他们的一席之地。

香山寺是个看夕阳的好地方，秋天的夕阳，也显得澄澈灿烂，一点也不感伤，余晖落尽，明天又是一个新的开始。白居易告诉家人，自己身后无须叶落归根，就将他葬在香山的琵琶峰，让他和恩师如满禅师比邻而居……

中唐最后一个伟大的诗人走了，一个时代也就此画上了句号……

竹 枝 词

刘禹锡

杨柳青青江水平，闻郎江上踏歌声。
东边日出西边雨，道是无晴却有晴。

秋 词

刘禹锡

自古逢秋悲寂寥，我言秋日胜春朝。
晴空一鹤排云上，便引诗情到碧霄。

次北固山下

王湾

客路青山外，行舟绿水前。
潮平两岸阔，风正一帆悬。
海日生残夜，江春入旧年。
乡书何处达，归雁洛阳边。

望庐山瀑布

李白

日照香炉生紫烟，遥看瀑布挂前川。

飞流直下三千尺，疑是银河落九天。

乌衣巷

刘禹锡

朱雀桥边野草花，乌衣巷口夕阳斜。

旧时王谢堂前燕，飞入寻常百姓家。

扫码听诗
粤韵正音

04

长寿诗人第三名白居易：

"情圣"修炼法则

　　我常常对着镜子问："魔镜魔镜请你告诉我，谁是唐朝最有情的诗人？"魔镜说："我差点忘了李白娶过四个老婆，他是仙，哪能让凡间的情爱亵渎？杜甫一辈子过得不好，他的情太悲、太沉重，已经过了看苦情戏的时代；王维参禅修道，终究是要把情舍掉的；杜牧没赶上好时代，有诸多无奈，但情留在烟花柳巷，显得没那么高级；不要相信元稹说过的任何情话，我要说他是唐朝第二渣男，应该没有人蹦出来争第一……"

　　好的我明白了，掰着手指头数一数，魔镜认可的唐朝情圣应该是白居易白乐天了。

　　总体来说，白居易这个人命不错，他出身于官宦之家，读书勤奋学习好，29岁就早早中了进士。他一生虽身处政治日趋阴暗的唐朝中后期，历经了八个帝王的朝代更迭，但却幸运地躲过了无数波涛暗流，就连戕害了许多官员的两大政治运动"永贞革新""甘露之变"都没奈他何，最后得以"中隐"于东都洛阳，安享晚年。

天长地久有时尽，此情绵绵无绝期

|

深情款款"红颜情"

也许您不相信，白居易是大龄剩男，他结婚的年龄是37岁，这个年龄在唐朝应该是孩子一抓一大把了，可他在37岁之前一直保持单身，为什么？有故事！

他和邻居家的小妹妹湘灵海誓山盟，暗许终身，但是在门第观念异常严苛的古代，官宦之家绝对不会迎娶普通百姓家的女子。况且白居易父亲早已去世，只剩母亲含辛茹苦地养育几个孩子，母亲坚决反对他和湘灵来往。所以他虽然和湘灵情真意笃，发誓非她不娶，但也不忍忤逆母亲，于是就采取了一种折中手段——拖！拖来拖去就到了37岁。他给这个刻骨铭心的初恋写下无数深情款款的诗句：描写湘灵的俏丽美貌，"婷婷十五胜天仙，白日嫦娥旱地莲"；回忆两人的点滴过往，"妾住洛桥北，君住洛桥南。十五即相识，今年二十三"；在不得相聚的秋夜、春日，他无时无刻不在思念爱人，"九月西风兴，月冷霜华凝。思君秋夜长，一夜魂九升。二月东风来，草坼花心开。思君春日迟，一日肠九回"；两情相悦却不能同宿同栖的苦只能藏在心里，"不得哭，潜别离。不得语，暗相思。两心之外无人知"；白乐天心中所求不多，充其量只是一份单纯、不经世俗玷染的爱情罢了，"愿作远方兽，步步比肩行。愿作深山木，枝枝连理生"；对于母亲的不许，他也只敢在诗句里隐晦地埋怨，"深笼夜锁独栖鸟，利剑春断连理枝"。然而命运并没有眷顾这个深情款款的男人，湘灵最终没有成为他的妻子，化成了他心头挥之不去的"白月光"，37岁的白居易最终迎娶了同朝为官的杨汝士的妹妹为妻。

结了婚，就要好好过日子，真正深情的人，不会遗忘，只会克制。白居易虽然在内心深处始终为湘灵留有一个位置，但是作为杨氏的丈夫，他懂得丈夫的责任和操守。新婚之夜，他向妻子允诺："生为同室亲，死为同穴尘。"一辈子虽然很长，但若爱，请深爱，既然结了婚，就要不管贫富、健康疾病，都要在一起："我亦贞苦士，与君新结婚。庶保贫与素，偕老同欣欣。"虽然在家庭生活中有鸡毛蒜皮的小事让白居易冲妻子发发牢骚，但终其一生，他只有杨氏一任妻子，这段"先结婚后恋爱"的感情也被他经营得不错。

唐人喜欢蓄养年轻貌美、能歌善舞的家伎，唐朝最有名的两位家伎都是白乐天家的，一位是"樱桃小口一点点"的樊素，另一位是"小蛮腰"的创始人小蛮。您可能不知道她们和白乐天的关系，但是多情的诗人大笔一挥，"樱桃樊素口，杨柳小蛮腰"，让她们成了后世千百年来美女的形象代言人。

白乐天老时住在洛阳，患了高血压还有轻微中风，此时他笃信佛教，把身外之物看得很淡，于是他决定"放伎"，让她们去寻找更好的生活，而不是陪伴在他这个孤老头子身边。

十年相伴，多少良辰美景，伴随着樊素的歌声，白乐天一杯复一杯，几多缠绵逍遥，如今"五年三月今朝尽，客散筵空独掩扉。病共乐天相伴住，春随樊子一时归"，宴饮过后，已无佳人在侧，茕茕孑立，形影相吊，纵使屋外阳光正好，花木扶疏，但自己的春天仿佛追随着樊素远走了……

若将"爱"狭义理解为男欢女爱，那么白乐天懂爱也会爱，因此他能将玄宗和杨贵妃之间一场原本掺杂着宫斗争宠、帝王深情、山河零落、生离死别等异常复杂的感情，通过自己笔墨的温润美颜，变成感天地、泣鬼神、千古流芳的爱情范本。您在"在天愿作比翼鸟，在地愿为连理枝"中是否读出了他为湘灵所作的《长相思·九月西风兴》的影子？（愿作远方兽，步步比肩行。愿作深山木，枝枝连理生。）只有真正爱过的人，才能写出这通篇风情的《长恨歌》！

跨越死生"兄弟情"

纵观唐朝诗歌的发展，初唐时，诗歌处于起步阶段，诗写得好的诗人不多，风格大都延续了南朝的浮华绮丽，这个时期够异军突起的当属我们熟悉的"初唐四杰"了。但是文人相轻的现象一直存在，就说"四杰"吧，坊间通常按"王杨卢骆"的顺序给他们排座次，排在第二位的杨炯知道后非常不满，他曾公开表示"吾愧在卢前，耻居王后"，表明自己对排在王勃后面十分不服。

盛唐迎来了百花齐放之势，诗歌得到了极大的发展，谱写出不少盛世华章。诗人们关系密切又友善，大家经常一起喝酒、游玩、酬和，"李杜王孟"四大家中，除了李白和王维关系成谜完全找不到交集以外，其余几位还是很和谐的。边塞的一众诗人王之涣、王昌龄、高适又有"旗亭画壁"的佳话。可见生在昂扬向上的年代里，诗人们的生活相对安稳，诗中演绎的是优哉游哉的轻风高谊和奋进开拓的治世梦想。

到了中唐，随着政治日趋黑暗，一众诗人做了很多想改变国家现状的实事，而且涉足领域不光是文学，还多了政治、思想等。面对皇帝羸弱、宦官猖獗、藩镇割据这种残酷的大环境，很多诗人变成了同命相连的难兄难弟，他们的友情经历了生死沉浮的考验。

白乐天的生命中有两位重量级的知己好友，一是元稹，他们在年富力强的时候掀起了一场轰轰烈烈的"新乐府运动"，高举现实主义旗帜，学习前辈杜甫；二是刘禹锡，当他们经历了人生的诸多磨难，成为白发老翁的时候，俩人闲居洛阳，吟诗填词，共奏一曲"夕阳红"。

乐天多情，不光是和女子缱绻深情、耳鬓厮磨的爱，对待兄弟，他更是用一生践行了"伟大的友谊"。

白居易和元稹的人生有很多相似之处，他们同年中举、同年拜官、同年被贬、同年得子，甚至之后又一起经历了"丧子之痛"，于是在人生的每个节点，他们无不惺惺相惜，在同喜同悲间阅尽人间冷暖，让友谊的小船风正帆悬。

　　然而命运不是和顺的三月春风，它一定要掀起惊涛骇浪，让人们心存敬畏又莫可奈何。元稹担任监察御史时因说真话而被贬，白居易义愤难平，写了一首长达一百韵的长诗《代书诗一百韵寄微之》替元稹鸣冤，诗中不仅回忆了两人"有月多同赏，无杯不共持。秋风拂琴匣，夜雪卷书帷"的欢乐雅致时光，更重要的是表明了元稹对工作尽心竭力。监察御史相当于我们今天的纪检监察员，工作职责就是发现问题如实上报，可皇帝昏庸，反而贬黜元稹，"木秀遭风折，兰芳遇霜萎。千钧势易压，一柱力难支"。在政治晦明难辨、翻云覆雨的中唐，说实话的风险很大，这时候的皇帝们早已不似太宗"广开言路、从谏如流"，也失去了玄宗早期胸怀江山社稷的抱负，没有为黎民百姓谋幸福的举措，要么在宦官的耀武扬威下力不从心，要么一心求仙服食丹药，对百姓的死活视而不见，纵使看见、知道也是莫可奈何，不如不知道。白居易此时担任翰林学士，他并不怕自己因为和元稹的私交好而受牵连，或者不疼不痒、假意惺惺地安慰元稹几句，反而逆风而上，仗义执言，"狂吟一千字，因使寄微之"。白居易不仅对好友的遭遇鸣不平，更希望朝廷能还元稹一个公道。此番壮举虽未打动宪宗，但他们的气节、笃深的友情却跨越千年传诵至今，被后世啧啧称道。

　　后来白乐天被贬为江州司马，经历了人生最沉痛的打击，在去江州的路上，他经过商州、襄阳，由汉水乘舟而行。长安远去，江州渺渺，被贬谪的孤独、苦闷、沉痛更能诉与何人？！于是，他拿起元稹的诗卷反复吟读，每念一句，就好似听到好友情真意切的安慰，睹物思人，天涯不远，友情陪他度过了羁旅中异常难熬的黑夜："把君诗卷灯前读，诗尽灯残天未明。眼痛灭灯犹暗坐，逆风吹浪打船声。"

人生如白驹过隙，忽然而已。在历经尘世的沧桑之后，元稹先乐天而去，死于武昌军节度使任所，白居易亲自为他写了墓志铭，元稹的家人感激不已，给了他很大一笔润笔费，白居易百般推辞不成，于是就将这笔钱全部捐给了自己晚年隐居的香山寺，算是给元稹积了一番功德。

金兰已逝，唯我独留，这份友情到这里还没有结束。古人信梦，认为梦是灵魂的重聚，白居易后来梦见元稹很多回，也写下了很多深情款款的诗。白居易《梦微之》道："夜来携手梦同游，晨起盈巾泪莫收。……君埋泉下泥销骨，我寄人间雪满头。"还有一次白居易在翻阅好友卢贞的旧诗时，发现了卢贞和元稹之间的唱和之作，一时间勾起了自己对元稹的无限思念，成诗一首："早闻元九咏君诗，恨与卢君相识迟。今日逢君开旧卷，卷中多道赠微之。相看掩泪情难说，别有伤心事岂知。闻道咸阳坟上树，已抽三丈白杨枝。"此时，距离元稹逝世已经整整10年了，10年的生死永隔并没有淡化这份友情。当年白乐天给元微之写祭文，说俩人的友情是"金石胶漆，未足为喻。死生契阔者三十载，歌诗唱和者九百章"。事实证明，这份跨越生死的友情不仅仅是三十载，载着他们友情的小舟能够乘风破浪，跨越千年！

在白乐天的后半生，陪伴他的是另一位大名鼎鼎的诗人——刘禹锡。他们同岁，彼此仰慕已久，却没有见过面，直到公元826年岁暮，他们54岁时才在扬州初遇。此时的两位大诗人都是几经波折的老翁了，白乐天感慨刘禹锡因"永贞革新"而被贬黜20多年的境遇，直言"亦知合被才名折，二十三年折太多"。而刘禹锡是个不折不扣的乐天派，看见诗友对自己如此"怜爱"，大笔一挥写下了千古名句，"沉舟侧畔千帆过，病树前头万木春"。于是这两个老头成为好朋友，晚年在洛阳，俩人一起吟风弄月、饮酒填词、整理作品，享受"阅尽千帆"后人生最美的夕阳时光。

公元842年，刘禹锡在洛阳病逝，白乐天痛不欲生，写下《哭刘尚书梦得·其一》：

> 四海齐名白与刘，百年交分两绸缪。
> 同贫同病退闲日，一死一生临老头。
> 杯酒英雄君与操，文章微婉我知丘。
> 贤豪虽殁精灵在，应共微之地下游。

当年元稹去世，他说"君埋泉下泥销骨，我寄人间雪满头"，是失去挚友的痛彻心扉。而今面对另一位好友的溘然长逝，白乐天早已看淡生死，他认为刘禹锡去的那个世界，还有好友元稹可以和他像生前一样结伴同游，想到此，这悲也减轻了几分。

无论是金石胶漆的"元白"，还是四海齐名的"刘白"，一首首唱和诗记录的，是白乐天和挚友兄弟逾越死生的深情厚谊，这份情，不再是小儿女的"两心之外无人知"，而是如绵绵不绝的草，"野火烧不尽，春风吹又生"！

兼济天下"苍生情"

如果一个人只把"爱"给了身边的人，还算不得真正有"情"，真正的情，是胸怀天下，关爱黎民苍生，是作为正直的朝廷命官，有阙必归、有违必谏的责任和担当。白乐天正是这样的有情人。

他始终不顾个人安危，将目光聚焦于百姓的苦难，在朝堂上以"论事激切，持正不阿"著称。他看到卖炭的老翁"可怜身上衣正单，心忧炭贱愿天寒"，辛辛苦苦伐薪烧得的一车炭被太监几乎是明抢而去，老翁只得忍气吞声，拿着廉价的"半匹红纱一丈绫"默默地走远。他义愤填膺，大笔一挥，诗成《卖炭翁》，诉百姓受"宫市之苦"。

还有那宫中寂寞的宫女们，16岁辞别爹娘招选入宫之时"脸似芙蓉胸似玉"，可连皇帝的面都没有见过就被打入冷宫，坐看寒来暑往、春去秋来，看遍四五百回月圆月缺之后，已经熬成了60岁的老妪，大好的青春被残忍的制度吞噬。白居易心痛不已，书写了流传千古的《上阳白发人》……

白居易一次夜宿紫阁山北村，遇到神策军（宦官）冲进百姓家里抢夺酒食，还砍倒了主人院中种了30年的树木，主人在自家诚惶诚恐，怒不敢言。白居易愤而上书，但当时的皇帝唐宪宗非但没有重视，反而嫌他多管闲事。

众生之苦，他看在眼里，痛在心上，诉之笔端，直言上谏，换来的却是皇帝的不满、权豪的震怒、自己政治生涯的举步维艰。

如果说唐朝诗坛的最高峰呈"李杜白"三足鼎立之势，那么在从政能力上，白居易可要远远超过其他两位，他做了很多惠及当时当地百姓的"实事""好事"。白居易在杭州担任刺史的时候，修筑堤坝，把西湖一分为二，既能蓄水，又能灌田，当时他修筑的堤坝被称为"白公堤"。虽然他修筑的堤坝现在已经无迹可寻，但是他留下的《钱塘湖石记》中记载了堤坝的使用方法，详细周密、内容精深，是不可多得的美文，也体现了白居易爱民如子的拳拳之心。当然，在这秀美的西子湖畔，自然少不了他的诗歌为伴，比如他在《钱塘湖春行》里描写了旖旎明媚的春景：

> 孤山寺北贾亭西，水面初平云脚低。
>
> 几处早莺争暖树，谁家新燕啄春泥。
>
> 乱花渐欲迷人眼，浅草才能没马蹄。
>
> 最爱湖东行不足，绿杨阴里白沙堤。

担任苏州刺史时，白居易疏通河道、拓宽河堤、修路架桥，打造了至今闻名的"七里山塘街"。晚年他退居洛阳，散尽家财，修整八节滩，让船夫不再因水急湍流触礁枉死。

我曾经觉得白居易等于前半生的杜甫加后半生的王维，因知"居不易"才对苍生有责任、有悲悯，因懂"乐有天"才看淡世事，晚年静修于香山寺中，做一白衣佛子。但随着年龄的增长，我觉得这只是年少时最粗浅的认识。白居易就是他自己，他不同于杜甫的苦难沉重，也不同于王维的清冷孤高，他散发出的是一种温暖柔和的人间烟火气，这烟火气里有中唐文人的闲情逸趣、苦乐悲辛，更有贯通民间百姓的万家灯火、悲欢离合……

"情圣"归去，情满人间

乐天高寿，在我们熟知的几位中唐诗人中，他最后一个辞世，更加幸运的是，他看到了温庭筠、李商隐等后辈的成长。国家不幸诗家幸，唐诗的血脉，还会因这几个年轻人延续出不一样的波澜……

白乐天一生历经八位大唐皇帝，最后一位是久慕其诗才的唐宣宗李忱。在他辞世后，宣宗亲写吊唁诗，字字情真，句句意切。白居易是唐朝唯一一个享此皇家殊荣的诗人，这也算是上天为这个德才兼备、款款深情的大诗人画上的完美句号吧……

心泰身宁是归处，倜傥不羁一乐天

贞元十六年（公元800年）的一天，大唐礼部门前人头攒动、摩肩接踵，这天正是进士科考试发榜的日子，考生们都怀着忐忑不安的心情踮起脚尖、伸长脖子盯着礼部官员刚刚张贴的榜文。礼部官员高声唱名，每提到一个名字，就击鼓撞钟一次。"第四名，白居易"……如聆仙乐，十余年的寒窗苦读，老天没有在竞争异常激烈的"科举"考场上为白居易设置荆棘，一举即中，铺陈在他面前的，似乎是一片坦途……

两汉时期，政府选拔人才一直采用"察举制"，它是一种以道德为衡量标准，以推荐为主要选才方式的选官制度。但到了后期，这种制度的弊端非常明显，推荐者和被推荐者形成了一个集团。针对这种弊端，魏晋南北朝改行"九品中正制"，但发展到最后出身等级成为唯一标准，造成了"上品无寒门，下品无势族"的局面。于是后来，科举制——通过考试选拔贤才的制度应运而生，后又经唐太宗李世民等皇帝的积极推行，为出身低微的寒门学子们点燃了人生希望的曙光。

当然曙光归曙光，科举制并不能把每个学子的生命照亮，考试难度极大，录取率也不高。进士科既考策论，又考写诗，不仅要求考生才高八斗，还需要有一定的名气或者有重要人物推荐提携，更无法掌控的是考试并不能做到完全公平，很多时候沦为权贵之间的政治博弈，因此"五十少进士"，也就是说如果50岁能考中进士，都还算很可以、前途无量的范畴。因此诗人孟郊46岁考中进士，就欣喜若狂地"春风得意马蹄疾，一日看尽长安花"了。终生考不上的也不乏其人，包括我们熟知的大诗人杜甫、孟浩然等。

白居易考中的这一年录取率并不高，进士科只录取了十七人，29岁的他是其中最年轻的一个。

"九天阊阖开宫殿，万国衣冠拜冕旒"，长安城似乎永远是那么辉煌壮丽、富庶风流，能够走进这里并成为其中的一分子，是无数人心中的梦。于是，高士名流、莘莘学子、各国使节、名商巨贾，就像一条条涓涓细流奔赴江海般，源源不断地涌向这里。

想当年，16岁的白居易曾游学来此，他热切地拿着自己的诗文去拜谒当时的文坛大咖顾况，顾况见多了这种无名小卒，便揶揄起他的名字："你叫白居易？长安米贵，居大不易呀。"但当顾况的目光扫向开篇的第一首诗时，顾况看白居易的眼神中便充满了惊喜："你有这样的才华，居天下也不难。长安的米再贵，也一定会有你的位置的！"没错，顾况被白居易的诗才折服了，顾况看的那首诗，名为《赋得古原草送别》，时至今日，你我皆知。

"是的，我需要长安城里的一个位置，我相信自己通过努力一定会留在长安！"白居易有太多的理由需要留下，他是一个没落的书香世家的神童，也是一个肩负奉养母亲和照顾家庭重担的儿子，努力读书，考取功名是改变命运的唯一选择。于是就得拼命读书、作文、写诗，一天也睡不了几个时辰，因为经常朗读和写字，舌头生了疮、手肘磨出了厚厚的茧子，年纪轻轻就华发早生，真应了那句话——"比你厉害的人还比你更努力"。

还好，一切努力都没有白费，白居易拿到了通往梦想殿堂的钥匙。中了进士有一系列的庆祝活动，在大雁塔内题名，在曲江池游宴，在长安城探花，可谓风光无限。但白居易却急着回家，母亲含辛茹苦，把自己和弟弟抚育成人。近年来，因为父亲的去世和幼弟的夭折，母亲经常精神恍惚，自己又怎么能放心呢？"翩翩马蹄疾，春日归乡情"，白居易飞身上马，扬鞭返乡，第一时间把考中进士的好消息告诉了母亲。母亲喜极而泣，她终于在白居易身上，看到了白家振兴的希望。

书生意气贬谪身

考中进士后要想当官，还需要参加吏部的考试。两年后，白居易参加了"书判拔萃"科考试，这是一个针对案例写判词的科目。白居易再次显露了他考试大神的本色，他为自己编写了名为《百道判》的模拟试题，考官看后不由啧啧称赞。从此，白居易的百道判书，便成了吏部应试者的范文。

后来他又参加了皇帝举行的"制科"考试，他和好友元稹在华阳观闭关一个月，列出了七十五篇皇帝可能会提的问题，并洋洋洒洒地写出了他们心中的治国之道，编成了《策林》。准备得如此充分，通过考试当然是顺理成章的事儿。他们出的这套模拟真题后来也成为考生必备的教辅读物，被广为传抄。十年之间，白居易三登科第，书写了"大唐考试史"的一个传奇。

白居易顺利地进入了官场，做了长安城周边的盩厔（音

Zhōu Zhì）县（今陕西省周至县）的县尉。一日他和友人酒醉，无意中谈起唐明皇和杨贵妃的往事，白居易一气呵成创作了千古名作《长恨歌》，一时间诗名远播。连当朝的皇帝唐宪宗都成了他的小迷弟，把他招到身边，任命为左拾遗，就是负责给皇帝提意见的言官。

作为一名心怀天下的文人，白居易笔耕不辍，倡导了"新乐府运动"，写了一批揭露现实的讽喻诗歌，比如揭露官市掠夺民间财富的《卖炭翁》、反战题材的《新丰独臂翁》、同情农人的《观刈麦》，针砭时弊，为民发声。针对朝廷中存在的问题，刚刚得到皇帝重用进入职场核心的他怀着"士为知己者死"的感激之情，天天上奏本，毫不客气地批评权要。他单纯赤诚地认为揭露的丑陋越多，大唐复兴的希望就越大！

可当时的唐朝已经罹患许多疾病，其中之一就是宦官专权。宦官们掌握着朝中大权，宪宗皇帝就是他们拥立的，因此他们飞扬跋扈，根本不把朝中那些中、小吏放在眼里。为了争夺驿站的一间客房，白居易的好朋友御史元稹被宦官追打，宪宗反把元稹贬谪。甚至连行军打仗都要派宦官监军。宪宗最喜欢的宦官吐突承璀好大喜功，屡吃败仗，宪宗却对他宠爱依旧。白居易愤而上书，给宪宗指出宦官乱政的危害，言辞极为激烈。不过不是每个人都喜欢听实话，尤其是高高在上的帝王，就像《皇帝的新衣》里一语道破真相的孩子，只会让大人们陷入尴尬、窘迫的境地。白居易太过高看宪宗的政治素质和能力手段了，他不知道宪宗把他招到身边，只是把他当作御用文人，利用他的才华为自己歌功颂德而已。渐渐地，宪宗对白居易的逆耳忠言大为不满，跟宰相念叨："白居易这小子是我破格提拔的，却对我这么无礼，不能忍呀不能忍。"还好宰相李绛劝慰宪宗，白居易才没有受到处罚。

当时另一个政治毒瘤就是藩镇割据。安史之乱以后，各镇节度使拥兵自重的问题不仅没有得到解决，反而愈演愈烈，地方割据势力成为独立王国，完全不受中央控制。宪宗下决心要解决这个问题，于是任用主战派人士武元衡为宰相，准备对藩镇用兵。可藩镇的军阀一得到消息，立即先下手为强，平卢淄青节度使李师道竟然派刺客刺杀武元衡和他的副手裴度。武元衡在上朝途中当街被杀，连脑袋都没了，裴度因帽檐比较厚挡住了刀才勉强逃脱。宰相被刺杀，这可是有唐以来从没有过的事儿，一时间风声鹤唳，长安城中乱成一团。朝中大臣为了自保，纷纷劝宪宗不要再征讨藩镇，贬逐主战派的裴度。这种是非不分的议论令白居易大为愤慨，他立刻站出来请求宪宗严查凶手，绝不能向藩镇妥协！

别瞧朝中的各位大臣对外胆小怕事，对内可是内战的一把好手，只要能够打击对手，他们可以无所不用其极。他们中有人说白居易现在位居太子左赞善大夫，已经不是言官了，为这事儿上奏是越权，有人说白居易的母亲前几年因为看花掉到井里淹死了，可是白居易居然还写过名为《赏花》和《新井》的诗，简直是全无心肝，毫无孝道！在不利言论的诋毁下，白居易失去了宪宗的支持，被贬往江州做刺史。还有更落井下石的，曾经和他同为翰林学士的中书舍人王涯上书说白居易论罪不应贬为刺史，刺史为一州之长，是地方的一把手，白居易应贬谪为官位卑微的州司马。

襟怀坦荡任浮沉

就这样，白居易被宪宗皇帝贬为江州司马，逐出了长安城，同时被逐出长安的还有他"致君尧舜上，再使风俗淳"的治国理想。正如他脍炙人口的《琵琶行》中所说："我从去年辞帝京，谪居卧病浔阳城。……其间旦暮闻何物，杜鹃啼血猿哀鸣。"白居易想不通的是："自己一心为国为民，却被同僚出卖、被权臣排挤，甚至被帝王抛弃，究竟是为了什么？"也许这才是人生的真正模样，起起落落、浮浮沉沉。朝堂之上的群臣或是歌功颂德，或是钳口不言，如果这世界是黑的，白本身就是一种错误。"木秀于林，风必摧之"，这就是追求本真一定要付出的代价吧！

长安城，忽然变得那么遥不可及。白居易还记得自己刚刚被授官秘书省正字的时候，马上就在长安城租了房子，还把全家接到长安近郊居住。白居易曾经是那么幸福，通过努力，他获得了在繁华帝都里居住的幸福，可后来母亲疯病发作坠井而死，自己又被贬黜出京，长安城立刻变成了一个伤心地。"长安米贵，居大不易"似乎成了一句谶语，顾况的话就是现实赤裸裸的嘲笑，缠绕在白居易的心上，直让他悲不自胜，挥之不去。

既来之，则安之，在江州司马任上，白居易遍游名山大川，美丽的大自然滋润了他的心灵，抚慰了他的伤痛。当他在东林寺看到素洁出尘的白莲时，豁然顿悟："东林北塘水，湛湛见底清。中生白芙蓉，菡萏三百茎。……欲收一颗子，寄向长安城。但恐出山去，人间种不生。"人生在世，最需要的是澄澈的心灵，正该像这白莲一样出淤泥而不染！即使有一颗白莲的种子，在长安城这种充满功名利禄的繁华都市，恐怕也不能种活吧。"行到水穷处，坐看云起时"，谁知道这次贬谪不是对自己人生的一次警醒呢？！

治理杭州泽万民

公元820年，宪宗被宦官暗杀，穆宗即位。白居易再次被召回长安，任知制诰，参与军政要务，进入了帝国权力的核心。但穆宗贪图享乐，并不以国事为重，唐朝的第三大毒瘤——党争也愈演愈烈。白居易已经厌倦了这种争名逐利的生活，于是在长庆二年（公元822年），50岁的他主动向穆宗请求外任杭州刺史。

在唐代，离开长安的权力核心外任是一种变相的贬谪，像白居易这样主动请辞的实在不多。在杭州刺史任上，白居易作为一方之长，疏浚了杭州的六口古井，解决了百姓的饮水问题。他发现西湖淤塞导致农田干旱，于是积极为百姓修堤治水，留下了一池美丽的西湖水，还留下了《钱塘湖春行》的美丽诗篇。

在杭州，白居易拜访了隐居的鸟窠禅师。禅师在树上居住，白居易看到后大为惊讶，不禁问道："禅师住在树上太危险了，还是赶紧下来吧！"

禅师回答："我不危险，你的处境更危险呀。"

白居易又问："我在朝廷为官，有什么危险的？"

禅师答："只要有木柴，火就不会熄灭；只要有人性，就会有争斗，你怎么可能不危险呢？"

"那有办法解决吗？"

"诸恶莫做，众善奉行，保持自己内心的洁净。"

"可这些三岁小孩都知道呀！"

"是的，可是人活百岁，又有几人能做到？"

白居易恍然大悟，肃然起敬，从此"心似白云常自在，意如流水任东西"。当任期已满离开杭州时，他出资建立了治理西湖的基金会，留下了对这片土地的深深眷恋……

抱诚守真笑红尘

因为治理地方有功，白居易再次被召回长安，任秘书监、刑部侍郎，受封男爵，穿绯色服饰，获赐紫金鱼袋，成为朝中的部长级干部。但此时的白居易哪里还会被这些浮名所累，他以身体不适为由，主动请求调往东都洛阳任太子宾客，远离了政治中心。

作为高官名士，荣华富贵已经唾手可得，可最终白居易也没选择在长安城定居，而是来到东都洛阳买房置地，做了个富贵闲人，每日与好友刘禹锡等人诗酒唱和，过着快乐悠闲的日子。我们不难从《中隐》一诗中读出他内心的独白："大隐住朝市，小隐入丘樊。丘樊太冷落，朝市太嚣喧。不如作中隐，隐在留司官。……"

太和九年（公元835年），发生了"甘露之变"，文宗召大臣李训、郑注密谋诛杀宦官，却被宦官发觉，宦官带领神策军杀进文官办公的南衙，并在长安城进行了血腥的屠戮。依附于李训的王涯、舒元舆等几位宰相被满门抄斩。当消息传到洛阳时，白居易既为逃脱大难感到庆幸，又深深地担忧大唐帝国的未来，不由感慨万千：

> 祸福茫茫不可期，大都早退似先知。
>
> 当君白首同归日，是我青山独往时。
>
> 顾索素琴应不暇，忆牵黄犬定难追。
>
> 麒麟作脯龙为醢，何似泥中曳尾龟？

从此白居易更加看透世情，纵酒狂歌。达时也曾兼济天下，穷时就独善其身好了！

会昌六年（公元846年），白居易在洛阳去世。刚刚即位的唐宣宗正准备召白居易进京做宰相，得知这一噩耗，心中悲痛，做《吊白居易》一诗：

> 缀玉联珠六十年，谁教冥路作诗仙。

浮云不系名居易，造化无为字乐天。

童子解吟长恨曲，胡儿能唱琵琶篇。

文章已满行人耳，一度思卿一怆然。

我们都称李白为"诗仙"，其实白居易才是真正被御赐的"诗仙"呀！不过我想白居易即使知道也不会在乎这些虚名，因为他在一生的追逐中，曾经见山是山、见水是水；也曾见山不是山、见水不是水；最终心地清明，原来山还是山、水还是水。虚名俗累怎么能系住自由的灵魂，最终白居易还是活成了当初那个"慈恩塔下题名处，十七人中最少年"的少年！

钱塘湖春行

白居易

孤山寺北贾亭西，水面初平云脚低。

几处早莺争暖树，谁家新燕啄春泥。

乱花渐欲迷人眼，浅草才能没马蹄。

最爱湖东行不足，绿杨阴里白沙堤。

酬乐天扬州初逢席上见赠

刘禹锡

巴山楚水凄凉地，二十三年弃置身。

怀旧空吟闻笛赋，到乡翻似烂柯人。

沉舟侧畔千帆过，病树前头万木春。

今日听君歌一曲，暂凭杯酒长精神。

赋得古原草送别

白居易

离离原上草，一岁一枯荣。
野火烧不尽，春风吹又生。
远芳侵古道，晴翠接荒城。
又送王孙去，萋萋满别情。

吊白居易

李忱

缀玉联珠六十年，谁教冥路作诗仙。
浮云不系名居易，造化无为字乐天。
童子解吟长恨曲，胡儿能唱琵琶篇。
文章已满行人耳，一度思卿一怆然。

和贾舍人早朝大明宫之作

王维

扫码听诗
粤韵正音

绛帻鸡人报晓筹，尚衣方进翠云裘。
九天阊阖开宫殿，万国衣冠拜冕旒。
日色才临仙掌动，香烟欲傍衮龙浮。
朝罢须裁五色诏，佩声归到凤池头。

05

长寿诗人第二名李隆基：

当优质文青成为千古帝王

　　每个中国孩子都会在童年邂逅唐诗，从"床前明月光，疑是地上霜"到"好雨知时节，当春乃发生"，从"愿君多采撷，此物最相思"到"春眠不觉晓，处处闻啼鸟"……于是，我们结识了李白、杜甫、王维、孟浩然等大诗人。而后，了解了他们的生平，读懂了他们的故事，便心驰神往地追慕那个物阜民丰、风流潇洒、恣意畅快的时代。那个时代，你我皆知，叫作"盛唐"……

长得君王带笑看，明皇风流更无前

说起盛唐，便不得不说今天的男主角：早年，他英明天纵，历经几次政变，在血雨腥风中荣登大宝；而后，他励精图治，根据国家需要几度易相，缔造了中国古代历史的巅峰——"开元盛世"，铸造了文化艺术、经济社会等的"黄金时代"。在我们熟知的唐诗领域，除了刚才提到的"李杜王孟"四大家外，还有贺知章、张九龄、高适、岑参、王翰、王之涣等不胜枚举的大诗人，他们犹如一颗颗光彩夺目的明星，都在他缔造的盛世天空中熠熠生辉，他们的命运都和他有着千丝万缕的联系……

这个风流盛唐的幕后推手叫李隆基，史称"唐玄宗""唐明皇"，他不仅是唐朝活得最久的皇帝，也是我们"唐朝诗人寿命排行榜"的长寿亚军。

唐朝最优质的文艺青年

作为资深文青，我特别喜欢唐玄宗。在李诗仙眼中他"名花倾城两相欢，长得君王带笑看"（李白《清平调·其三》），在白乐天笔下他"君王掩面救不得，回看血泪相和流"（白居易《长恨歌》）。在为挚爱的女人杨贵妃的一笑一哭之间，我看到了他不同于其他帝王的人性温度。

当政治的功过成败湮没在历史的滚滚长河之中，玄宗作为艺术家的光芒却历久弥新，为后世永记。他极富音乐才华，善于作曲，会弹琵琶，精通羯鼓，打起鼓来"头如青山峰，手如白雨点"，连当时的御用音乐家李龟年都甘拜下风。他还组织全国最顶尖的歌唱家、舞蹈家、戏曲家齐聚长安梨园，进行文艺汇演，至今还被曲艺界奉为"梨园鼻祖"。

他的诗作数量位居唐朝皇帝之首，并且品质很高。所以，在大可不必拍唐朝皇帝马屁的清朝人蘅塘退士编纂的《唐诗三百首》中，他用实力夺得了唯一一首帝王诗的席位。另外，他还长于书法，书风雄秀，结体丰丽，至今仍有作品传世。可见，若说李隆基是唐朝最优质的文艺青年，应该无出其右者。

纵观历史，不乏怀揣玉玺、头顶王冠的帝王文青，如南唐后主李煜、宋徽宗赵佶等，他们至今都被诗词圈、绘画书法圈顶礼膜拜，但他们都是亡国之君，综合实力和李隆基比判若云泥。难怪蒙曼老师说，如果要说一个朝代，必须要说唐朝；如果要讲一个帝王，必须要讲玄宗！

玄宗的魅力何在？这是个见仁见智的问题，我们先看看货真价实的唐朝人是怎么评价他的。

王维说"云里帝城双凤阙，雨中春树万人家"，发自内心地歌颂他统治下的承平盛世；杜甫说"忆昔开元全盛日，小邑犹藏万家室"，由衷地怀念他缔造的富足祥和；杜牧说"一骑红尘妃子笑，无人知是荔枝来"，对他充满讽刺揶揄；李商隐说"如何四纪为天子，不及卢家有莫愁"，对他充满感慨叹惋……

在他眼中，自己又是什么样子的呢？作为一名诗人，他用唐诗记录了自己怎样的人生经历？接下来，让我们跟随李隆基的四首诗，穿越时光，重回盛唐……

《集贤书院成，送张说上集贤学士，赐宴得珍字》——花舞大唐春

无论是梦回长安，还是魂牵大唐，我们念兹在兹的，其实是风流潇洒、物阜民丰、兼容并包、威仪四海的盛唐气象！

盛唐气象，是王维巡边塞上"大漠孤烟直，长河落日圆"的辽阔雄浑；是岑参胡地所见"忽如一夜春风来，千树万树梨花开"的新奇瑰丽；是杜甫眼中李白那"天子呼来不上船，自称臣是酒中仙"的恣意畅快；是高适壮别友人"莫愁前路无知己，天下谁人不识君"的鼓舞人心……

正是因为这种盛唐气象，才有文臣能够跨马驰骋疆场的豪气干云，才有武将可以卸甲吟诗作赋的妙笔生花，才有高官显贵为平头布衣金龟换酒的美谈，才有九五之尊为风流诗人御手调羹的佳话……

开元十三年（公元725年），在玄宗李隆基十余年的苦心耕耘下，大唐已经奠定了盛世格局，但作为杰出的政治家，玄宗深知真正的盛世必须物质文明、精神文明两手都要硬，于是决定大兴文治。他把集国家图书馆、国史馆、大学等功能于一

体的"丽正书院"更名为"集贤殿书院",而后在"集仙殿"设宴款待学士,酒足饭饱后,玄宗说:"世人都想当神仙,可是谁见过神仙呢?我反正不信这一套,真正让我思慕不已的不是神仙,而是你们这些贤臣啊……"于是,他在兴致盎然间将"集仙殿"更名为"集贤殿",还让时任宰相的一代文宗张说管理"集贤殿书院",并御笔一挥,赐诗一首:

> 广学开书院,崇儒引席珍。
>
> 集贤招衮职,论道命台臣。
>
> 礼乐沿今古,文章革旧新。
>
> 献酬尊俎列,宾主位班陈。
>
> 节变云初夏,时移气尚春。
>
> 所希光史册,千载仰兹晨。

俗话说:"上有所好,下必甚焉。"在尊重文化、喜好诗文、有广博爱好的玄宗的大力推行下,全民皆诗的风气蓬勃发展,文化人的春天自此而来,正如悬挂在宰相张说办公室的诗句"海日生残夜,江春入旧年"所云,一个浑厚、雄壮、风流的时代正呼之欲出……

《经鲁祭孔子而叹之》——会当凌绝顶

在古代,衡量帝王成功的标准除了赢得本国百姓口碑和周边国家臣服外,还有一个非常重要的指标——泰山封禅,就是到古人认为的天地间最高的山——泰山去祭祀神灵,完成典礼。您可不要小看这个祭典，它必须满足三个条件才能完成：一是财力雄厚禁得起造（钱）；二是礼仪烦琐禁得住摆（谱）；三是边界安全禁得起闹（事）。所以在中国古代众多皇帝中，真正进行过泰山封禅的不过屈指可数的六位，他们是秦始皇、汉武帝、汉光武帝、唐高宗、唐玄宗和宋真宗，纵观这六次典礼，应以玄宗的为最盛。

在完成泰山封禅后，玄宗可谓功成名就，达到了事业顶峰，于是在回长安的路上，他顺道经曲阜去了孔子旧宅。祭祀完天地再去瞻仰人间圣人的故居，玄宗不由得激情澎湃，大笔一挥作成《经鲁祭孔子而叹之》，即唯一入选《唐诗三百首》的帝王诗：

夫子何为者，栖栖一代中。

地犹鄹氏邑，宅即鲁王宫。

叹凤嗟身否，伤麟怨道穷。

今看两楹奠，当与梦时同。

这首诗有点拗口不太好读，我给大家翻译一下，主要就是玄宗到了孔夫子家，和孔子进行了一段跨时空的对话，玄宗说："您当时虽胸怀壮志，可惜四处奔走，无人赏识。今天在朕的治理下，您端坐在堂前两楹间，接受天下人的顶礼祭奠，可谓美梦成真了吧！"假如翻译得再简单一点，就是玄宗对孔子说："这盛世，如您所愿！"这首诗确实属于怀古感慨，但您仔细品，这更是玄宗洋洋自得地自我肯定加表扬啊，不过此时的玄宗，确实积累了很多可圈可点的功绩，这样含蓄地自我表扬，也不为过！

那一年，他40岁，正是"山登绝顶我为峰"之时！

《雨霖铃》——死别已吞声

说起唐玄宗，总绕不开一女一男。女的是杨玉环，和他上演了流传千古、浪漫隽永的爱情传奇；男的是安禄山，发动安史之乱让他山河破碎，盛唐大厦轰然倒塌。在安禄山的逼迫下，玄宗携杨贵妃及皇室子孙一行匆忙逃离长安，到蜀地避难（美其名曰幸蜀）。行到马嵬驿，发生军变，众将士杀死杨国忠，逼迫玄宗赐死杨玉环以平天下之怨。于是，就出现了白居易诗中让人断肠的一幕："君王掩面救不得，回看血泪相和流。"如果说安史之乱让玄宗痛失江山自此丧失了绝对皇权，那么马嵬之变则让玄宗诀别爱人从此再无精神伴侣，无论是作为掌握皇权四十余年的铁腕政治家还是将自己三千宠爱独给一人的痴心情圣，这双重打击对玄宗来说无疑招招致命！

离开马嵬驿，玄宗一行继续西行前往蜀中，恍恍惚惚行至斜谷，恰逢天降淫雨，雨滴打在车马铃上，如泣如诉，更似打在玄宗的心上，让他血泪交流。他不是"四十年太平天子"吗？为何自己一直深信的将领却发动叛乱，"渔阳鼙鼓动地来"，要夺取他的天下？！他不是杨贵妃的爱人吗？为何让杨贵妃"宛转蛾眉马前死"，竟不如普通男子可以护得自己女人周全？！此时此刻，他再也不是意气风发的盛世英主，再也不是权倾天下、四方来朝的威仪君王，挫败、悲愤、懊恼、无力、哀怨在他的心头百转千回，更堪诉与谁人？！于是，一首《雨霖铃》应时而生：

斜风凄雨，古桅岧峭，暮雨未歇。巴山惆怅无际，方肠断处，风铃悲切。袅袅疏疏密密，似子规啼血。不忍听如恨如怨，多少怨情与谁说。

人间最苦伤离别，更那堪，玉魂永湮灭。今宵魂在何处。冷雨里，碎铃声咽。点点滴滴，心思寒泉落飞雪。便纵有，万里河山。愧对荒茔月。

与后世柳永的《雨霖铃》相比，这曲词更催人肠断，由此也可以推断出，杨贵妃没死并远渡日本只是后人一厢情愿的杜撰罢了。当初"回眸一笑百媚生"的佳人已香消玉殒，"缓歌慢舞凝丝竹"的快乐已无影无踪，"七月七日长生殿，夜半无人私语时"的海誓山盟已化为泡影，他只能发出"便纵有，万里河山。愧对荒茔月"般呕心抽肠的涕零！

那一年，他71岁，已经是个风烛残年的老人了。

《傀儡吟》——寂寞身后事

马嵬之变后，太子李亨在灵武登基，是为唐肃宗，身在蜀地的玄宗被遥尊为太上皇。一时间天下出现了两个皇帝，玄宗得知这一消息后，以平叛大局为重，无奈地接受了"被太上皇"的事实。

两年以后，长安光复，安禄山被杀。在和亲儿子经历了政权的明争暗斗之后，老迈的玄宗深知大势已去，只得以太上皇的身份重返长安，居住在自己曾经的龙兴之地——兴庆宫中。

想当年，这里繁花似锦、仙乐飘飘、软玉温香抱满怀，而今物是人非、凄冷孤苦，"鸳鸯瓦冷霜华重，翡翠衾寒谁与共"，"梨园弟子白发新，椒房阿监青娥老"。更悲惨的是，作为一名帝王，他已经丧失了绝对的皇权，不得不对儿子卑躬屈膝，甚至连儿子宠幸的宦官都能对他颐指气使。试问权谋至上的帝王家，哪里有什么真正的父慈子孝？！肃宗对这个风烛残年的老人，时刻保持警惕，生怕丧失了好不容易到手的皇权，于是把玄宗从兴庆宫赶了出来，幽禁在太极宫中。更为残忍的是，他还把陪伴玄宗一生、最忠诚体己的老奴高力士远远流放到巫州（属今湖南省），切断了玄宗身边最后一丝温暖。临行前，无论高力士怎样下跪苦苦哀求，肃宗始终没让他见玄宗最后一面……

在这孤寂落寞、悲凉凄苦的时光里，玄宗常在嘴边吟诵的，是这首《傀儡吟》：

> 刻木牵丝作老翁，鸡皮鹤发与真同。
> 须臾弄罢寂无事，还似人生一梦中。

浮生若梦，聚散无常，繁华落幕，红粉成灰，与其说是玄宗在执政后期懈怠、昏庸、贪图享乐误国，不如说是古代残忍的帝王制度无情扼杀了人性。能做到一生清醒，勤勉为国，摒弃个人好恶，不为喜怒哀乐所困，最终功成身退、圆满此生的又有谁？！

宝应元年（公元762年），唐玄宗李隆基寂寞孤独地在太极宫中与世长辞，享年77岁。半个月后，他的儿子肃宗驾崩。权力二字，争来争去的不过是镜中月、水中花。自此，巍巍盛唐成为历史，唐朝国力整体下滑，不复往昔。但从唐诗领域来看，即将迎来百花齐放、异彩纷呈的"中唐"。

纵观唐朝历史，如果说唐太宗是让人"望之俨然"的神，那么唐玄宗就是让人"即之也温"的人。当历经沧海桑田、岁月变迁，他登顶泰山告之于天的封禅大典早已被淡忘，他缔造的繁华盛景早已散落为尘，我们乐于记住的，反而是他横吹玉笛，杨贵妃轻扭腰肢的一首《霓裳羽衣曲》，还有七夕月夜，他们在长生殿中缠绵私语的海誓山盟……

唐玄宗打动我的，不是丰功伟业，而是绝世风流！

万国笙歌醉太平，千秋功过请君听

说起唐玄宗李隆基，人们首先想到的恐怕是"梨园鼻祖"和"绝世情圣"两个标签，的确，他和杨贵妃的爱情故事在民间可谓家喻户晓，安史之乱在历史中的影响又太过深远。因此，人们往往在脑海中把他的形象加工成一个软玉温香抱满怀，天天赏名花、对妃子、看歌舞、泡热汤、"色"令智昏的

老头儿，而且经常笔下一抖就毫无情面地把他和南唐后主李煜、宋徽宗赵佶等亡国之君一起划为政治毫无建树、剑走偏锋主攻艺术的"皇帝文青"。甚至连现当代著名文学家金克木先生在《人生与读书》这本书里也这样评价他："唐玄宗长于文艺，尤其是乐舞，政治不大及格"。

试问：一个能够缔造中国古代三大盛世之一"开元盛世"的皇帝怎么可能总在"温柔乡"里沉醉？唐朝在位时间最长、号称"四十年太平天子"的他，难道凭借的仅仅是风流多情、才华横溢？！从两千多年封建社会的众多帝王中脱颖而出，占据仅六人完成"封禅泰山"宏愿一席之地的他，又怎会是在政治上碌碌无为、毫无建树的平庸之辈？！

先来看看李隆基的出身，他的爷爷是唐高宗李治，奶奶是大名鼎鼎的女皇武则天，父亲李旦是武则天的第四子、李治的第八子，而他又是李旦的第三个儿子，因此按照传统的帝王世袭制度，李隆基与皇位原本是八竿子打不着的关系。但或许是冥冥之中自有天意，他通过后天不懈努力终于完成了逆天改命，将李唐江山揽入怀中，当然中间经历了许多波折。

话说李隆基的伯父中宗李显暴毙后，他的伯母韦皇后和堂妹安乐公主对皇位虎视眈眈，李隆基先与亲姑姑太平公主联手干掉了韦氏母女，拥立自己的父亲李旦成为皇帝，史称唐睿宗。而后睿宗将皇位让给了李隆基。李隆基终于成为皇帝，并在复杂的政治斗争中战胜了拥有强大实力的姑姑太平公主。先天二年（公元713年），当李隆基在和父亲的博弈中获胜并最终彻底掌握皇权的时候，他只是个28岁的年轻人，而此时的唐朝，经历了几十年的皇权纷争，早已被弄得乌烟瘴气、民生凋敝，太需要一位锐意进取、奋发有为的年轻人解救其于水火之中，使它平稳健康地发展了。

李隆基满怀豪气干云之志开启了自己的执政之路，他不曾料想到，通过自己的不懈努力缔造了一个强盛多彩、万邦来朝的帝国，成为中国古代让人仰止的高峰和后人念兹在兹的天堂；之后，他又一步一步亲手将它摧毁，陷一众后世子孙在它的阴影下苟延残喘，直至国破家亡……

治理国家首先要做的就是选贤任能，古人常把辅佐帝王的重臣称为"股肱之臣"，"股"是大腿，"肱"是手臂，这说明对于皇帝而言，重要的大臣就像人的胳膊腿儿一样不可或缺。在唐朝，宰相乃百官之首，我们不妨通过唐玄宗的四位宰相来回顾他大起大落、毁誉参半的政治生涯……

姚崇——十事要说

众所周知，诗仙李白怀有一腔凌云的治国理想和热切的政治抱负，他期许"但用东山谢安石，为君谈笑静胡沙"，能在谈笑间就为君王扫清一切障碍，让天下平定、物阜民丰。可事实上，他的政治嗅觉并不敏感，头脑也并不精明，治理天下哪能像他作诗一样大笔一挥那么简单？！但唐朝历史上确实有那么一个人，他在玄宗刚坐稳江山之时，就和玄宗一边狩猎，一边畅言天下大事。当玄宗请他出山治理天下时，面对"一人之下万人之上"的宰相高位，他却没有立即答应。而是在玄宗亲口允诺他提出的十个条件后，才登台拜相，辅佐玄宗，并一举让唐朝社会从几十年的动荡中逐渐走上正轨，为"开元盛世"的到来奠定了坚实基础。他，就是位列"唐朝四大贤相"之一、被人称为"救时宰相"的姚崇，姚崇经过深思熟虑而成的"十个条件"则成了玄宗统治初期不可动摇的政治纲领——"十事要说"。

姚崇是三朝老臣，当年他参与发动"神龙政变"，逼迫武则天退位，重新迎回中宗李显为帝，光复了李唐天下。但是功成之后，他并没有像其他人那样，因拥立之功而兴高采烈，反而向慧眼识才、提拔任用自己的旧主武则天挥泪涕别。一方面他通过"快刀斩乱麻"的手段使武则天归政于李氏，阻断了二张、武三思等人乱政的企图，保全了国家利益，维护了社会安定。另一方面他知恩图报，对武则天的知遇之恩没齿不忘。可见姚崇具有非常高的政商加情商，是一位非常全面的政治家。

此时的姚崇仿若一名神医，凭借自己多年的从政经验问诊把脉，针对唐朝皇帝走马灯般轮换带来的后遗症，以"十事要说"为药方，开出了一剂治病良药，它们分别是实施仁政、避免兵战、抑制宦官、罢免皇亲、公正法律、免除供奉、崇俭戒奢、礼待大臣、虚心纳谏、遏制外戚。通过实施这"十事要说"，达到了抑制豪强、与民休息、净化政治空气、避免皇权滥用的目的。特别是姚崇要求把女皇武则天掌权的事铭记于史册，让后人引以为戒。于是在唐朝后期和之后的历史中，女性再也没有弄潮政坛成为九五之尊的机会。而在女权解放的今天看来，这段女性临政的历史却仿佛被蒙上了一块温情脉脉的面纱，成为唐朝给予女性的最高礼遇和馈赠。

此时玄宗恰逢而立之年，满腔使国家富足、百姓安乐之志，他当然服下了姚崇开的剂剂良药。他锐意进取，改年号"先天"为"开元"，对自己更是修身克己，不仅"铁面"拒绝了二哥申王李成义提拔亲信的请求，还"无私"地仗杀了正妻王皇后犯错的妹夫，更是虚心纳谏，停止了给自己死去的母亲树碑……在姚崇之后，玄宗又任用刚直不阿的宋璟，坚持推行"十事要说"，一个"四方丰稔，百姓殷富"的时代正呼之欲出！

张说——文治武功

每一个古代帝王心中都有一个"盛世梦"，意欲名垂青史，彪炳千秋。而真正的盛世，不仅需要经济基础雄厚富足，更要精神文明璀璨多彩。在玄宗的支持下，经过名相姚崇、宋璟等人十余年"萧规曹随"地尽心经营，政治清平、民生富足的盛唐帷幕已经缓缓拉开了。玄宗要建立一个前所未有的盛世，泽被后世，名垂青史，于是文武双全的张说就顺理成章地成为宰相的不二人选。

论文，张说是学霸出身，在武则天时期就一举扬名，参加制科考试，策论天下第一，他是开元初年的一代文宗，曾经三次拜相，被册封过燕国公，和许国公苏颋被合称为"燕许大手笔"。后人的蒙学读物《千家诗》共选唐人65家，在百花齐放的唐朝诗坛，张说作为一个政治家却能在其中占有一席之地。论武，他胆识过人，有勇有谋，曾经任右羽林将军兼检校幽州都督，驻守当今的北京地区。他在《幽州夜饮》中写道：

> 凉风吹夜雨，萧瑟动寒林。
>
> 正有高堂宴，能忘迟暮心。
>
> 军中宜剑舞，塞上重笳音。
>
> 不作边城将，谁知恩遇深。

诗中既描写了剑影胡音的边塞风光，更蕴藏了仕途几起几落的复杂心情，绝不是寻常文官所能比的。在他担任检校并州大都督长史兼天兵军大使时，由于同为边帅的朔方军大总管王晙诱杀了突厥降户千余人，导致并州的同罗、拔曳固等部族心怀恐惧，纷纷想要叛乱。张说听说后，不顾别人劝阻，只带二十个随从赴会，持节安抚各部。各部族看到了张说的诚意，大为感动，边疆于是得以安定。

张说回朝为相后，"武功"方面首先裁军20万，让被裁减的军人投入农业生产，大大提高了社会生产力，另外他改府兵制为募兵制，设立职业军人，提高其军事素养。自此，中原百姓渐渐不识兵戈，一心犁地种田。"文治"方面更是轰轰烈烈地进行改革，他辅助玄宗设立丽正书院，集国家图书馆、国史馆、大学等功能于一身，网罗一大批优秀知识分子搜罗典籍、修撰图书，大诗人贺知章等人赫然在列。自此，礼遇儒生、崇尚诗文的时代拉开帷幕，贺知章为布衣李白金龟换酒、王维以诗文打动玉真公主、岐王宅里杜甫和李龟年诗乐相和等佳话流传至今……

在张说的辅佐下，已届不惑之年的玄宗终于实现了所有帝王的梦想——泰山封禅，这事说来容易，但是需要考虑的因素实在是太多了：国家不够安定不行、礼仪不合规范不行、物力不够充足不行……所以历史上只有区区六人圆梦成功。而玄宗的封禅大典，无疑是其中最为隆重的一个。泰山封禅有一个仪式，就是把写着祭祀文的玉牒放在祭祀的石室里。祭祀文的内容，其实就相当于皇帝个人对上天的私人请求，一般是秘而不宣的，比如玄宗的奶奶武则天封禅嵩山的时候，许的愿望就是自己得道成仙，而玄宗的愿望是子孙百禄、苍生受福，境界还是甩了奶奶几条街的。

泰山封禅后，大唐王朝强盛的综合国力得以彰显。在"四夷拱手，八方宾服"的政治格局下，玄宗自身也发生了变化。大臣为拍马屁，提议把他的生日作为国家的节日"千秋节"，他毫不推辞满口答应，还规定群臣要为他献万岁寿酒，王公贵戚要献金镜绶带，百姓为感激皇帝的雨露之恩要互相赠送"承露囊"，每逢"千秋节"全国放假三天，村村都要摆寿酒……古代人敬天守礼，节日的设定一般遵循时令循环的自然之道，设立皇帝生日当国家节日的，玄宗应是第一人，好高骛远的苗头已经在这个中年人身上初现端倪。之后，他还会选择那些行政能力突出、道德操守过硬、各有所长的贤臣、能臣为大唐江山掌舵吗？

李林甫——口蜜腹剑

说起李林甫，人们总会在脑海中勾勒出一个口蜜腹剑的奸臣形象，但在玄宗任命的历任宰相中，他却以在位19年成为玄宗朝在位最久的宰相，如果他是个除溜须拍马之外一无是处之辈，那么玄宗怎么让他当宰相的时间远远超过姚崇、宋璟、张说等良相呢？

辩证地说，李林甫有较为突出的行政能力，虽然他为人好巴结、看重名利，但也切实替玄宗解决了不少问题。作为一代宰相，李林甫懂财政、通军事，他修订了各种法典三千多条，在工作中他守法、讲原则，使玄宗能从繁忙的政务中摆脱出来，坐享人间富贵。最为重要的是，他心机深沉、素有权谋，有一个人非常惧怕他，这个人就是日后起兵叛乱、也想做皇帝的胡人将领安禄山。史书记载安禄山自言：在李林甫面前就像一个孩子，他的一举一动全被李林甫一眼看穿。安禄山对文武官员一向傲慢无礼，但对李林甫心服口服，即使是在严冬跟李林甫见面，也常会汗流浃背，连内衣都打湿。因此虽然他有野心，却不敢有丝毫异动。

当然，李林甫之"过"远远大于其"功"，身为一朝宰相，他绝对不是富有政治理想的道德楷模。他深知玄宗对于宰相一向持有"专任而不久任"的态度，所以他为了稳固自己宰相的位置，使出了很多下三烂的手段。比如：他排挤坚持原则的名相张九龄，推荐对他唯命是从、文化水平不高的节度使牛仙客为宰相；他阻塞言路，使谏官不敢直言进谏，让玄宗听不到真话、看不见真相；他排除异己，让武则天时期特有的"酷吏"重出江湖，把朝廷上下弄得乌烟瘴气；他声称"野无遗贤"，整场科举不录取一个新人，让玄宗后来几乎无人可用；他害怕文武双全的将领给自己带来威胁，便怂恿玄宗任用文化水平低的胡人担任节度使等要职，这给了安禄山日后颠覆盛唐的机会，也让中央从此再也控制不住地方，为大唐王朝埋下了毁灭性的隐患。

有人可能会疑惑不解，玄宗不是一个英明睿智的皇帝吗？当年他为启用何人当宰相而多次夜不能寐，国家需要走上正轨，就有姚崇"十事要说"；社会需要风气良好，就有宋璟坚守正道；需要谏言，就有韩休据理力争；需要"文治"，就有一代文宗张说和文采风流的张九龄。玄宗总是能凭借自己的政治敏感度，根据国家需要、社会形势选出最适合的治国人才，可为什么他的政治敏感度在李林甫身上就失灵了呢？只因此时的玄宗已经是一位50多岁的老人，随着年纪越来越大，他的心态也逐渐发生了变化：此时的他沉浸在自己缔造的繁华盛世中洋洋自得，对欲望的追求代替了对原则的坚持。那个励精图治、虚怀若谷的帝王不见了，取而代之的是贪图享乐、好大喜功的昏君。宋代诗人晁说之的《题明王打球图》一语道破天机："宫殿千门白昼开，三郎沉醉打球回，九龄已老韩休死，明日应无谏疏来。"

小时候读书，特别喜欢"物华天宝，人杰地灵"八个字，虽然不太懂它的意思，但感觉似乎有说不尽的风流富贵，长大后才知道原来"天宝"是唐玄宗使用的第三个年号，从"开元"到"天宝"，玄宗和整个唐朝都仿佛脱离了励精图治、苦心耕耘，跌入了一个奢侈华美、纵情欢乐的梦境之中。但不论是威抚四夷的虚名，还是八街九陌的繁华，都需要大量的财富作支撑。所以在玄宗当政后期的天宝年间，其治国理政的方针都离当初的施政纲领越来越远。提拔的都是好大喜功的边将，重用的都是能够攫取财富的官员。这时候，一个30岁前还是放荡不羁的赌徒，在投军后靠屯田获得出众考评而起家的县尉（相当于现在的县公安局局长），一个数字计算准确无误、被玄宗称为"好度支郎"的能吏应运登上了历史舞台，他本名杨钊，后改名杨国忠。他成为独自身兼40多职、集众多权柄于一身的宰相，并最终把大唐推向兵燹与灾难的深渊。

杨国忠——乱政误国

天宝是一袭华美的袍，上面爬满了虱子。天道轮回，就像当年李林甫借玄宗之手扳倒了盛唐最后一名贤相张九龄一样，权倾一时的李林甫最终还是败给了"政坛新贵"杨国忠，死得很难看。李林甫虽恶，但他出身李唐宗室，还有着最基本的政治底线。而市井泼皮出身的杨国忠摇身一变成为"百官之首"后，他的贪婪、自私、淫欲、无知让宰相神圣的权柄变成了满足私欲的工具。从此朝堂之上乌烟瘴气，天下百姓无不怨声载道。

在玄宗在命的历任宰相中，论道德情操、执政能力、个人修养，杨国忠都是垫底儿的，但要说到权力之大，他却超过了其他宰相。由于杨贵妃得宠，"遂令天下父母心，不重生男重生女"，杨贵妃的姐姐受封为虢国夫人、秦国夫人，其堂兄杨国忠除官至宰相外，还执掌了国家财政大权和部分军事大权。这么多的权力假以一个德不配位的人，带来的只能是欲壑难填的贪污、醉生梦死的享乐、任意妄为的胡闹。"诗圣"杜甫曾作《丽人行》对杨国忠进行辛辣的讽刺：

三月三日天气新，长安水边多丽人。

态浓意远淑且真，肌理细腻骨肉匀。

绣罗衣裳照暮春，蹙金孔雀银麒麟。

头上何所有？翠微匐叶垂鬓唇。

背后何所见？珠压腰衱稳称身。

就中云幕椒房亲，赐名大国虢与秦

…………

炙手可热势绝伦，慎莫近前丞相嗔！

滔天的权势使杨国忠越发浮躁，并最终导致了河山变色！众所周知，玄宗在位后期除了将大权移交杨国忠，自己沉浸在杨贵妃的温柔乡中之外，还特别宠幸一个边将——安禄山。安禄山一人身兼平卢、范阳、河东三镇节度使，掌握了全国百分之四十的军权。而安禄山狼子野心，他早就发现朝廷内从上到下贪图享乐，中原百姓已久不识兵戈，繁盛的大唐只不过是一具空壳而已，因此就对皇位觊觎起来。只不过一直念及玄宗对自己的恩德，想等他去世后再动手。

杨国忠却对安禄山步步紧逼，不断奏报玄宗说安禄山要谋反，其原因竟然是嫉妒玄宗对安禄山的宠幸，唯恐安禄山抢了自己的风头。此时的玄宗已经垂垂老矣，宁愿自欺欺人地告诉自己安禄山绝不会谋反。杨国忠几次三番告状失败，于是索性抄了安禄山在长安城的家，还杀死了安禄山的几个门客。"是可忍，孰不可忍"，于是安禄山就在对皇帝富贵风流生活的羡慕中和对中原薄弱武力的轻视下起兵，将手中的利刃直指大唐心门，千里沃野顿成人间炼狱！杨国忠"幸运地"成为压垮骆驼的最后一根稻草！

当安禄山的叛军一路势如破竹，攻下洛阳，直逼长安时，杨国忠表面上痛哭流涕，心中却自鸣得意，说自己一直以来都在进言安禄山要谋反，可是玄宗一直不信，把自己逼反安禄山的责任推得一干二净。

玄宗派遣因为中风正在长安养病的名将哥舒翰守卫长安的咽喉——潼关。哥舒翰审时度势，决定坚壁清野、固守潼关，依靠天险阻挡住强悍的敌军，等待各地勤王军马里应外合攻破叛军，急于速战的叛军攻势果然被阻。在国家安危悬于一线之际，杨国忠为了防止哥舒翰立下战功后带兵回朝清除自己，竟然鼓动玄宗下旨命令哥舒翰出关攻打叛军。最终导致唐军全军覆没，潼关失守，长安的门户就此洞开。

苍茫的夜色中，玄宗神色木然、独立远眺，久久没能看到期待的烽火。按照唐朝的制度，每隔三十里建一座烽火台，边防军每天入夜都要点起"平安火"，那是希望的光芒，烽火没有点燃说明潼关已经沦入敌手。天宝十五年（公元756年）六月十二日，玄宗登勤政楼宣布要御驾亲征，其实是虚晃一枪，回宫后，便立即带着部分皇子皇孙和亲信大臣，在禁军的保护下仓皇逃往蜀地避难。

行至马嵬驿，被迫背井离乡的禁军发动了军变，众人杀死杨国忠，把他大卸八块，争食其肉。风华绝代的杨贵妃也受到牵连，"宛转蛾眉马前死"，玄宗迫于压力，也只能"君王掩面救不得"，眼睁睁痛失所爱。杨国忠的妻儿和虢国夫人等人在逃走时都被诛杀。

杨国忠从天宝四年（公元745年）来到京师，十二年的恣意妄为、荣华富贵换取了被灭门的惨剧。更悲哀的是，曾经的盛唐落得一片残破。一切如同杜甫诗中所云："我里百余家，世乱各东西。存者无消息，死者为尘泥。"硝烟四起、百姓流离，天宝的旖旎缠绵、风流富贵就此烟消云散……

很多人认为玄宗老年沦为昏君是因为杨贵妃"红颜误国"，也有很多人痛恨"国忠误国"，事实真的是这样吗？其实，玄宗自始至终都不曾忘记他政治家的身份，对皇权的控制没有一丝一毫的倦怠，他对杨贵妃虽然"三千宠爱在一身"，却始终不曾将其立为后。究其原因，应该是因为他的祖母武则天、伯母韦皇后都是在皇后这个位置上有了向皇权伸手的野心，他不能让这种"悲剧"在自己身上重演。另外，他对自己的儿子们始终心存疑惧，否则不会发生"一日杀三子"的骨肉相残惨剧。后来的太子李亨到了40多岁仍然小心谨慎，为了自保曾经两次离婚，要不是趁着安史之乱在灵武自立为帝，恐怕还是没有出头之日。

玄宗太自负了，他始终小心恪守"前车之鉴"而对唐朝局势失去了正确把控。因为有唐以来，还从未有过边将叛乱，他认为只要对内防范住外戚和儿子，对外抵御住外族入侵，就可永享太平盛世，因此盲目信任边将。另外，玄宗非常宠信宦官，高力士权倾一时，连太子都要叫他阿哥，他说一句话就能决定宰相的生死；杨思勖统兵征伐，建立赫赫战功，官封虢国公，地位和宠信犹在高力士之上。这为大唐后世藩镇割据、宦官专权两大毒瘤埋下了伏笔。玄宗之所以对杨国忠听之任之、放手不管，就是因为杨国忠有一个最大的不可能，就是不可能背叛他。所以，老年的玄宗在治国理政时选择了"自私"，自私自负才是导致盛唐崩塌的最终原因！

如果说是玄宗错了，倒不如说是残忍的帝王制度有问题。皇帝没有退休一说，如果不是被动退位的话，只能在这个位置上干到死。这是一场毫无人性的博弈，如果想成为一个好皇帝，就必须慎终如始，不能疲累倦怠，不能衰老，不能有私欲……想想就知道有多难了。

在人性和帝王制度的博弈中，玄宗败给了自己。疯狂的放纵换来的是深深的伤痕，如刀刻斧凿一般挥之不去。"万国笙歌醉太平"的梦终于醒了，只剩千秋功过留与后人评说……

春夜喜雨

杜甫

好雨知时节，当春乃发生。
随风潜入夜，润物细无声。
野径云俱黑，江船火独明。
晓看红湿处，花重锦官城。

清平调词三首

李白

云想衣裳花想容，春风拂槛露华浓。
若非群玉山头见，会向瑶台月下逢。

一枝红艳露凝香，云雨巫山枉断肠。
借问汉宫谁得似，可怜飞燕倚新妆。

名花倾国两相欢，长得君王带笑看。
解释春风无限恨，沉香亭北倚阑干。

过华清宫

杜牧

长安回望绣成堆，山顶千门次第开。

一骑红尘妃子笑，无人知是荔枝来。

使至塞上

王维

单车欲问边，属国过居延。

征蓬出汉塞，归雁入胡天。

大漠孤烟直，长河落日圆。

萧关逢侯骑，都护在燕然。

经鲁祭孔子而叹之

李隆基

夫子何为者，栖栖一代中。

地犹鄹氏邑，宅即鲁王宫。

叹凤嗟身否，伤麟怨道穷。

今看两楹奠，当与梦时同。

扫码听诗
粤韵正音

125

06

长寿诗人第一名贺知章：

盛唐时期的"老顽童"

以后您和别人闲聊的时候这么说："我不吹牛，唐朝有个诗人的知名作品我全会背！"这位诗人就是今天我们要聊的唐朝著名诗人中的长寿冠军——贺知章（这个冠军，我得画个小圈圈，是著名诗人，就是你我都听过名字的，因为确实有比他活得更久的诗人）。在《全唐诗》中，贺知章的作品有19首，知名作品一是《咏柳》，二是《回乡偶书二首》，您是不是已经烂熟于胸？贺老生于公元659年唐高宗时期，卒于公元744年唐玄宗天宝三载，享年85岁。这岁数别说放在1000多年前的唐朝，就是放在今天美好的社会主义新时代，都算长寿了。一句话评价贺老："唐朝诗人里最长寿的，唐朝长寿老人里最会写诗的。"

二月春风似剪刀，"诗狂"境界很高超

俗话说，"性格决定命运，长寿必有原因"，我觉得贺老能稳坐唐朝长寿诗人的第一把金交椅，有几个原因。第一是他的人缘超级好。在唐朝有许多著名天团和偶像团体，如"初唐四杰""李杜""王孟""高岑""元白"等。贺老生活的时代有三个非常著名的偶像团体——"吴中四士""饮中八仙""仙宗十友"。

"吴中四士"指的是籍贯在吴中地区（今江浙一带）的文人雅士，团员包括贺知章、张若虚、张旭和包融。除了包融名头小点以外，张若虚和张旭的大名可谓如雷贯耳，张若虚的一首《春江花月夜》，虽说"孤篇横绝全唐"的评价有点夸张，但在乐府诗中可以稳稳占据中心位置；张旭号称"草圣"，他写的狂草可是"唐朝一绝"。"吴中四士"是个老乡团体，看来咱们贺老在乡梓间很吃得开。

"饮中八仙"的八位爷都好杯中之物，它是建立在酒桌之上的兴趣团体，爱喝酒的人大多性情豪放不羁，洒脱自然、不拘小节，这个团体的老大就是今天的主角贺知章，剩下的著名团友还有"草圣"张旭，另外一位更是尽人皆知，谁呀？大名鼎鼎的"诗仙"李白呀！这八位爷也不简单，"诗圣"杜甫曾写《饮中八仙歌》为他们"画"了素描，诗的头一句就写贺老"知章骑马似乘船，眼花落井水底眠"。您看看，贺老喝多了，骑在马上晃晃悠悠，像坐船似的，一不小心没看清路掉在枯井里，而他非但不呼救挣扎，还自得其乐地认为可算找到了歇脚的地儿，索性就在井底睡上了。酒之所兴，酣畅淋漓，难怪被众多酒友拥立成团体"大佬"。

"仙宗十友"这个团名听起来很玄乎，是的，这个名字是五代人起的，说白了这是一个信奉老庄的道教团体，十个团友不仅信仰相同，文章也都写得好。除了咱们的贺老以外，我点几个您肯定听说过的团友，李白、陈子昂、王维、宋之问、孟浩然，个个都是初唐、盛唐的诗歌大咖。

综上所述，三个优质团体都有贺老，可见他不但因为性格好而人缘佳，更是爱好广泛，同时您对他应该也有了一个初步的印象：一个好喝酒又信道的老头。

李白的伯乐和挚友

说到这里，我觉得有必要谈谈贺老和李白的渊源了。李白不必多说，大名鼎鼎的"诗仙"，唐朝首屈一指的文化符号及形象代言人，如果把李白比喻成一匹千里马，那么贺知章就是实至名归的伯乐了。想当年李白还是一个无名小卒，想来帝都长安城混个风生水起，偶遇贺老，便拿出自己刚写的诗让老大哥给品评品评，贺老一气读完，不禁大呼："小兄弟，你真是天上神仙下凡啊！"看来，这首诗彻底征服了贺老，才让贺老夸赞若不是神仙的鬼斧神工，人间哪里有如此神来之笔？从此，"诗仙"外号响彻盛唐朋友圈，李白写的这首诗就是大名鼎鼎的《蜀道难》。这时候贺老已经官至太子宾客、银青光禄大夫兼正授秘书监了，说白了就是东宫太子的侍从官、从三品国策顾问和国家图书馆馆长。能如此放下身段对待一介布衣并给予如此高的赞誉，可见他爱才惜才、礼贤下士的胸襟和气度。

另外一个和李白的故事就得说贺老特别仗义了。说到仗义，可能您会说："李白也很仗义啊，'五花马，千金裘，呼儿将出换美酒'，他要拿五花马和千金裘换酒喝。"说到这我必须得敲一下黑板了，那顿饭可不是李白请的，拿五花马、千金裘换酒喝是他忽悠请客的主人干的，算不得真仗义。再看咱们贺老，真的是太喜欢李白这个小弟了，非得请他吃饭喝酒，偏偏巧了，忘带银子，朋友们就说了："老贺，今天你别来了，我们请吧！""那哪儿成，今儿这顿饭，谁跟我抢我和谁急！"于是解下自己的金龟袋转身当酒钱去了，这可是纯金的真仗义啊！

以上所聊，绝无虚言，李白在一次酒后回忆起老大哥对自己的深情往事，不由得哗哗掉眼泪，顺手把这个故事写在了诗里（这诗写了两首，咱们说的是第一首）：

对酒忆贺监二首·其一

四明有狂客，风流贺季真。

长安一相见，呼我谪仙人。

昔好杯中物，翻为松下尘。

金龟换酒处，却忆泪沾巾。

李白确实应该感谢贺知章，因为如果没有贺老的知遇之恩，就不会有他那风光无限的"one night in Chang'an"（长安一夜），长安一夜是李白离玄宗最近的一夜，也是他以为自己的"唐朝梦"开始的一夜，更是我们今日啧啧称道的三首《清平调》横空出世的一夜，不过这个话匣子今儿先不打开了。

潇洒走一回

我始终觉得，评价一个人是否幸福要看他晚年过得好不好，无论人生中的波峰有多高，如果老了晚景凄凉、郁郁而终，就算不得真幸福。说起贺老，他虽然不是诗人里官最大的，但应该是少有的没有遭过贬谪并光荣退休的。上文提到贺老加入了道教团体"仙宗十友"，求仙修道之心日益迫切，贺老主动递交了辞职信，经玄宗批准而得以圆满退休。

天宝三载正月初五，是一个云淡风轻、阳光普照的好日子，皇太子率文武百官在长安城东青门摆下酒席为贺老饯行。大家知道唐朝人爱写诗，其中送别诗占了非常大的比例，皇帝写的送别诗不多，而玄宗为了贺老大笔一挥就写了两首。第一首云："岂不惜贤达？其如高尚心。……独有青门饯，群英怅别深。"一方面给予了贺老非常高的评价，另一方面表达了依依不舍之情。第二首云"悄然承睿藻，行路满光辉"，就是说朕写诗默默地祝福你一路顺风，多多保重。这还不够，玄宗还命令文武百官送去祝福，这些诗今天还能读到37首。话说贺老就带着这份功德圆满的荣耀，为了更好地实现自己的"唐朝梦"，回老家越州（属今浙江萧山）享受退休生活去了。

我小时候被一本书"忽悠"过，这本书为《回乡偶书二首·其一》配了这样一幅画：一位衣着朴素、灰头土脸的老爷爷拿着包袱皮站在村口，孩子们谁都不认识他，围着他问这问那，我当时以为这是一位经历多次战争后侥幸活下来的"幸运老兵"，却没想到是带着皇家养老金衣锦还乡的"退休官员"，读书容不下太多的想当然，还是"求甚解"的好。

为什么在我们印象中贺知章一直就是一位"老爷爷"的形象，就像一提起骆宾王我们想到的都是一个在池塘边玩鹅的7岁儿童？原因很简单，贺老知名的三首诗《回乡偶书二首》《咏柳》都是他退休回到家乡后写的，因为"少小离家老大回，乡音无改鬓毛衰"所刻画的这个风尘仆仆、手拿包袱的老人形象太深入人心了。而且我敢肯定地说，贺老应该是个"老顽童"，至少人世淬炼使他在退休后回归了人性本真，在熟悉的家乡环境中又释放了自我，俗话说"老小孩，小小孩"，他天真可爱的童心在作品中也展露无遗。唐诗中的"柳"多作为配角出现，其他诗人虽也专门为柳树作过诗，可把春风比喻成小剪刀的仅贺老一位，童心所酿，胜过成人的矫揉造作，咏柳千年第一首，实至名归！另外，《回乡偶书二首·其一》中，诗人在外漂泊几十载，回到家乡后第一眼看到的是和他同乡音却不相识的孩子，眼中有娃的人，一定是柔软而童真的！

"诗狂"哪里狂

有人问我，贺知章这样一个可爱的老头儿，和"狂"字毫不沾边，"诗狂"这个外号是不是起错了？的确，从现存的诗歌作品中，我们无法感受贺老身上的这个"狂"字。但是贺老晚年给自己起了一个外号叫"四明狂客"，"四明"是山名，离他家乡不远，"狂客"应该属于自我评价了。另外，贺老和"草圣"张旭不是同属"吴中四士""饮中八仙"天团吗，除了有才华又能喝酒以外，两人书法都写得特别好，我认为贺老的草隶艺术成就远比诗歌高，但这个观点还要向书法圈的朋友请教。

在贺老仙逝之后的几十年，中唐大诗人刘禹锡来到贺老曾经登临并且留下书法作品的洛中寺北楼，看到贺老人虽已作古而墨宝犹存，顿时敬仰之情如滔滔江河奔流不息，大笔一挥作了一首诗，题为《洛中寺北楼见贺监草书题诗》：

> 高楼贺监昔曾登，壁上笔踪龙虎腾。
>
> 中国书流尚皇象，北朝文士重徐陵。
>
> 偶因独见空惊目，恨不同时便伏膺。
>
> 唯恐尘埃转磨灭，再三珍重嘱山僧。

他开头说贺老曾经和他一样登楼，他们已经完成跨时空的相遇，贺老题在墙壁上的字笔走龙蛇（狂草果然很狂），小刘看了那是叹为观止，只恨自己晚生了几十年不能和贺老交朋友，然后伤心地捶了自己几拳。只能再三嘱咐寺庙里的僧人要好好爱护文物，不要让它被毁坏。不过显然这些山僧没有听刘禹锡的话，1000多年过去了，那墙上的大作早已随着朝代更迭交替化为齑粉。万幸的是，如果您今天去绍兴城东南宛委山，南坡的飞来石上刻的《龙瑞宫记》虽然已不是贺老真迹，但是还可根据临摹的风姿遥想其风骨；草书《孝经》虽是贺老真迹，但是保留于日本，要想瞻仰，打个"飞的"应该不算太难。贺老的"狂"只能从这些书法作品中寻找了。

回到乡梓后的贺老不久就驾鹤西去（天宝三载，公元744年），应该说他真正实现了自己"有志入道"的"大唐梦"，成为最成功的逐梦人。纵观贺知章的一生，他生活的唐朝总体来说走的是上坡路，外在条件算是政治清明，国泰民安；而他能荣登大唐著名诗人寿星榜第一名，除仰仗外在际遇，更有内在性格使然，最最重要的是，他比唐朝任何一位皇帝都活得久，这也是不能复制的奇迹了！

镜水无风也自波，安分守时最难得

贺知章确实是洒脱自然、痛饮狂歌、荣宠加身、福寿绵长的著名诗人中的长寿冠军，真是羡煞我等后辈小生。他生活在初唐到盛唐时期，赶上了好时候，但我认为他能如此幸福有一个更深层次的内因：他能够正确地"舍"与"得"。

贺知章算是大器晚成的学霸一枚，他在女皇武则天证圣元年（公元695年），自己第三个本命年36岁时进士及第、一举夺魁，成为浙江第一个有史记载的状元。在考中进士后，他得到了"国子四门博士"的官职，即在"国立长安大学"当老师。这一教书生涯延续了多久呢？——27年！（"诗鬼"李贺一生的时间呀）直到开元十年（公元722年），60多岁的贺知章在宰相张说的推荐下，升任太常寺少卿（正四品上，掌管祭祀礼乐的市厅级干部），此后他的仕途如芝麻开花——节节高，最终成为从三品（省部级）的朝廷大员。他才华满满却远离政治旋涡，27年如一日地教书育人，从这点来看，贺老真是一名爱岗敬业的好老师，但如果您了解这一时期"血腥盛唐"的残忍历史，更会因他还是一位洞悉"舍""得"的智者而为之折服。

你方唱罢我登场

在贺老师教书期间，大唐的历史可以用"皇帝走马灯，政变大杂烩"这句话概括，简而言之一个字——"乱"。武则天在丈夫高宗李治死后，于公元683年立他们的三儿子李显为帝，就是唐中宗。但中宗即位不到两个月武则天就把他贬为庐陵王，立他的弟弟李旦为帝，自己垂帘听政。公元690年，武则天废掉李旦，建立武周政权，成为中国历史上第一和唯一一位女皇帝。公元705年，她被逼退位，又把政权还给三儿子李显。公元710年，李显非正常死亡，他的媳妇韦皇后想学自己的婆婆，也当个女皇玩玩，就立他们的庶子（不是韦皇后的亲儿子）李重茂为帝，实则自己垂帘听政。可仅仅玩了20多天，就被李隆基和太平公主杀死，李重茂被废，李旦再次登基为帝。公元712年，李旦让位给儿子李隆基，自己做太上皇，但还掌握着大员任免等实权。因为李旦的性格比较懦弱，朝政被太平公主所左右，李隆基甚至有被废的可能。直到李隆基除掉太平公主，真正坐稳皇帝这个宝座，风雨飘摇的大唐才算稳定了下来。

有了上述的交代，请大家把目光转移到唐中宗李显这个人身上：他的亲爹（高宗李治）、亲妈（女皇武则天）、亲弟弟（睿宗李旦）、亲儿子（少帝李重茂）和亲侄子（玄宗李隆基）都是皇帝，这在中国历史上绝对是蝎子拉屎——独（毒）一份，所以李显也被后人起了一个外号叫"六味帝皇丸"。听起来很好玩对不对？在短短30年间，唐朝就经历了中宗李显、睿宗李旦、女皇武则天、少帝李重茂、玄宗李隆基五位皇帝，其中李显和李旦都做了两次皇帝，达到七人次之多，皇帝当真像走马灯一样轮回。在此期间，各方势力盘根错节，宫廷争斗此起彼伏，政治环境极为恶劣。

下面咱们聊聊"政变大杂烩"，按照时间顺序首先出场的是"神龙政变"：公元705年，宰相张柬之等五位大臣杀掉武则天的男宠张易之、张昌宗兄弟（以下称"二张"），逼武则天退位，把权力交还给中宗李显。

接着是"景龙政变"：李显重用武三思，还把女儿安乐公主嫁给武三思的儿子武崇训，安乐公主拥有了皇室和武氏的政治势力后，一时风头无两。当时的太子李重俊是庶子，安乐公主经常凌辱他，称他为"奴"，还要求李显立自己为皇太女。李重俊忍无可忍，联合羽林军将领李多祚等发动政变，先杀掉了武三思父子，又想入宫杀掉韦皇后和安乐公主。但由于起兵仓促，完全没有考虑到怎么安置他爸李显等重要的后续步骤，所以当李显出现在玄武门认定李重俊谋反时，李重俊所带领的士兵纷纷倒戈，杀掉了李多祚等人，李重俊在逃亡途中被亲信杀害。

第三个是"唐隆政变"，说简单点儿，就是李隆基帮助父亲李旦夺取政权的斗争。话说中宗李显被流放时终日惶惶不安，只要有使者来，就以为是亲妈武则天派人来杀他，多次想要自杀，妻子韦氏的陪伴让他熬过了那段艰难岁月。所以他通过"神龙政变"再次当上皇帝时，立刻重用韦氏。韦氏却视自己的婆婆武则天为偶像，想戴上王朝的最高冠冕。于是，她和女儿安乐公主毒死李显，又立安乐公主的弟弟李重茂做傀儡皇帝，并在各机要部门和禁卫军中安插大量亲信。可是在她当女皇的路上还有两块巨大的绊脚石——自己丈夫的弟弟李旦和妹妹太平公主。李旦的三儿子李隆基，既有文韬武略又有得力干将，也是个很厉害的主儿。韦氏还在密谋如何除掉绊脚石时，没想到李隆基和太平公主先下手为强，迅速除掉韦氏在军中的党羽，然后带兵杀进宫去，韦氏和安乐公主都沦为刀下之鬼，傀儡皇帝李重茂被废，李隆基的父亲李旦再次成为皇帝。

第四个是“先天政变”，简而言之，是李隆基自己夺取政权的斗争。李旦即位后，李隆基因为在拥立过程中功劳最大，所以被立为太子。李隆基的坚决果敢，在“唐隆政变”中已经表现得淋漓尽致，让太平公主非常忌惮。没有永恒的朋友，只有永恒的利益，当共同的敌人消失后，李隆基和太平公主的权力之争愈发严重。公元712年，李旦禅让皇位给李隆基，自己称太上皇，却实权在握。太平公主大力打压李隆基，在朝中积极培植党羽，“宰相七人，五出其门”，还多次对李旦施压，要求李旦将李隆基废掉。李隆基于是发动“先天政变”，杀死太平公主安插的宰相和羽林军统领，太平公主见大势已去，自缢而亡，李隆基于是取得了最终的胜利。

上善若水任方圆

贺老有诗云，“镜水无风也自波”，的确，在这段历史时期，大唐朝的政治波谲云诡，非常不稳定，像极了一只在河里游泳的鸭子，表面上风平浪静姿态优雅，水下面却扑腾扑腾地乱倒腾。大臣们也是“朝披紫蟒袍，夕为刀下鬼”，脑袋别在裤腰带上过日子，他们大致可以分为下面几种类型。

第一种是模棱两可型，代表人物苏味道。苏味道曾做过武则天时期的宰相，更被人所熟知的是他有一位争气的子孙——北宋大文学家苏轼。从文学的角度来看，此人诗风绮而不艳，他所作的著名的《正月十五夜》清新隽永，让人读来余香满口。可身为重臣，他做事却模棱两可、绝不拍板，谁都不得罪，还常常自鸣得意地说："处事不宜明白，但模棱持两端可矣！"被人戏称为"苏模棱"，给我们留下"模棱两可"这个成语。

第二种是恃才傲物型，代表人物杜审言。杜审言狂傲到什么地步呢？他看不起古人，曾说若论文章，屈原、宋玉只能给他做属官；若论书法，王羲之只能当他的弟子。他更看不起同朝的人，有一次天官侍郎苏味道主持官员预选试判，杜审言写完判词后出来就说："苏味道必死！"同僚听后惊问原因，他得意洋洋地说："苏味道看到我写的判词，应当羞愧而死。"对顶头上司这样，对其他人就更不用说了……他病重时，大诗人宋之问、武平一去看他，他长叹一口气，大家想着人之将死其言也善，以为他要留下什么遗言呢，谁知道他却说："我活着你们也出不了头，如今我快死了，就是遗憾找不到能接替我的人呀！"这可真是狂了一辈子。杜审言也有非常争气的孙子，就是"诗圣"杜甫。杜审言在文学史上和苏味道同属"文章四友"天团，《和晋陵陆丞早春游望》写得规整漂亮，情真意切，其中"淑气催黄鸟，晴光转绿蘋"一句，非常小清新。他因文才被武则天提拔为膳部员外郎，又因为党附武则天的男宠"二张"而受到贬谪，除了那个"苏味道必死"的故事，也没有留下什么值得称道的故事，狂傲之外，一无是处。

第三种是见风使舵型，代表人物宋之问。说到宋之问必须强调两点：第一，不是所有女人都喜欢长得帅、身材好的"小鲜肉"，因为口臭，宋之问穷尽一生也没爬上武则天的龙床。第二，才华和人品绝对不是成正比的关系，饱读孔孟圣贤之书，可是行为卑劣的大有人在。宋之问为了讨好"二张"，不仅为他们做枪手，更给他们倒过尿壶。"神龙政变"后，"二张"被杀，武则天退位，宋之问被贬泷州（属今广东省）。千里贬逐，环境艰苦，他居然胆大包天偷偷逃回洛阳，他的朋友张仲之好心收留了他。可他非但不感恩，在得知张仲之等人密谋要杀掉武三思后，立刻向武三思告密，靠出卖朋友重新升任鸿胪主簿（相当于现在的县处级干部）。武三思被杀后，他又马上投靠太平公主，后来一看安乐公主得宠，便立马前去攀附。这种见风使舵、无敌墙头草的性格激怒了太平公主，于是太平公主向中宗参了他一本，把他贬黜到越州。李隆基登基后，对宋之问无比憎恶，将他贬到广西后赐死。宋之问认为"识时务者为俊杰"，但政治风云的变幻莫测岂是他能追逐把控的？

　　说到这里您可能得问，大臣们都如此不堪，难道没有正面的代表吗？当然有，这就是第四种刚直不阿型，代表人物神探狄仁杰。狄仁杰属于实干型人才，担任过大理寺寺丞，相当于现在最高人民法院的法官。他曾经在一年内判决了涉及一万余人的积压案件且无一件冤案，"神探"之名实至名归。同时，他还是优秀的管理人才，在公元691年升任宰相，但仅仅过了4个月，酷吏来俊臣诬告狄仁杰谋反，他被逮捕下狱。武则天时期酷吏横行，来俊臣是其中最狠毒的一个，成语"请君入瓮"就是他在审问另一个酷吏周兴时留下的典故。在他手里，无数人被屈打成招，无数人死得不明不白。狄仁杰落到来俊臣手里，知道自己非常危险。他表面认罪，使看管的人放松警惕，暗中则写成诉状，夹在棉衣中呈给武则天，使武则天得以亲自过问此事。武则天问他为什么要承认谋反，他回答说："我如果不承认谋反，早就死于酷刑了。"最后他被贬到江西当了个七品官，保住了性命。公元696年，契丹发兵犯境，攻陷冀州（属今河北省一带），武则天起用狄仁杰前去抵御，契丹人听说狄公复出，不战而退。狄仁杰凭借自己的才干，又一次被武则天任命为宰相，他积极推荐张柬之等人，在武则天传位问题上建言献策，对光复李唐政权起到了至关重要的作用。狄仁杰如此睿智，也险些死于小人之手，可见当时政治生态的恶劣。

这下再回过头来看贺知章，在唐朝政治最动荡的时期，他秉持着"任尔东南西北风""我自岿然不动"的宗旨，踏踏实实做学问，教书育人。大浪淘沙始见金，当玄宗李隆基击败了所有的敌人，任用名相姚崇、宋璟、张说等人，开始建立一个繁荣的大唐时，贺知章老先生终于"守得云开见月明"，离开学校，走入政坛。他曾经在张说的推荐下，发挥他的文学特长，编写《六典》和《文纂》；也曾任礼部侍郎，为玄宗封禅泰山出谋划策；而他风趣直率、惜才爱才、大力提携后辈，更是留下了"大呼谪仙""金龟换酒"的风流佳话。

贺知章的成功秘诀，可以在老子的《道德经》中找到答案："夫唯不争，故天下莫能与之争！"大势像水，善于游泳的人能够从中借力如履平地。贺知章安分守时、顺势而为，舍弃了种种诱惑，终获得繁花满园，活出了自己的自由境界，这才是真正的大智慧呀！

对酒忆贺监二首·其一

李白

四明有狂客，风流贺季真。
长安一相见，呼我谪仙人。
昔好杯中物，翻为松下尘。
金龟换酒处，却忆泪沾巾。

回乡偶书二首·其一

贺知章

少小离家老大回，乡音无改鬓毛衰。
儿童相见不相识，笑问客从何处来。

将进酒

李白

君不见黄河之水天上来,奔流到海不复回。

君不见高堂明镜悲白发,朝如青丝暮成雪。

人生得意须尽欢,莫使金樽空对月。

天生我材必有用,千金散尽还复来。

烹羊宰牛且为乐,会须一饮三百杯。

岑夫子,丹丘生,将进酒,杯莫停。

与君歌一曲,请君为我倾耳听。

钟鼓馔玉不足贵,但愿长醉不愿醒。

古来圣贤皆寂寞,惟有饮者留其名。

陈王昔时宴平乐,斗酒十千恣欢谑。

主人何为言少钱,径须沽取对君酌。

五花马、千金裘,

呼儿将出换美酒,与尔同销万古愁。

咏 柳

贺知章

碧玉妆成一树高，万条垂下绿丝绦。
不知细叶谁裁出，二月春风似剪刀。

洛中寺北楼见贺监草书题诗

刘禹锡

高楼贺监昔曾登，壁上笔踪龙虎腾。
中国书流尚皇象，北朝文士重徐陵。
偶因独见空惊目，恨不同时便伏膺。
唯恐尘埃转磨灭，再三珍重嘱山僧。

扫码听诗
粤韵正音

07

唐宠：

唐朝诗人最爱什么动物

自古以来，有人的地方就有动物。你们猜唐朝诗人们最爱哪种动物？有人说，是龙吧？龙代表天子，象征皇权，大多数诗人不都渴望得到皇帝认可，进而建功立业吗？非也非也，像龙、麒麟、凤凰、大鹏这种玄幻的神兽偶尔拍拍马屁、聊聊理想还可以，但绝对不是诗人们心中真正所好！

那么，是不是鸡、狗、猪、蛐蛐儿这些亲民又可爱的"小"动物呢？不是不是，要知道诗人们的内心通常都狂傲得很，这些布衣白丁身边随处可见的动物怎么能符合他们高贵的气质呢？

又或者是雕、鹰、猎豹、大象这些珍贵的动物，方能显出诗人们品位的与众不同？错了错了，那些又太过浮夸，和"文化人"有点不对路……

不卖关子了，我来揭晓答案，唐朝诗人最爱的动物——马！

春风得意马蹄疾，唐朝诗人爱白驹

唐朝的特色天团——边塞诗家族非常青睐马。将士们离家去国、驰骋疆场、抵御外族，马是他们亲密无间的战友和出生入死的伙伴。"走马西来欲到天，辞家见月两回圆。今夜不知何处宿，平沙万里绝人烟。"骏马载着征战之人，一步一步远离家乡，马蹄声声，敲在心上，眼前的风景已是和家乡迥异的茫茫大漠，军营尚且未到，更何谈归期？所以当岑参遇到正要回京的同乡时，由于战事紧迫，二马相错间，只得"马上相逢无纸笔，凭君传语报平安"了。虽然来不及写家书，但一个捎给亲人的口信也是"家书抵万金"啊！烽火频传，战事日紧，很多时候征战的军队是在和时间赛跑，"葡萄美酒夜光杯，欲饮琵琶马上催""白日登山望烽火，黄昏饮马傍交河"，马是出征的号令，也是行军的步履；战争是残酷的，征战之地的气候条件更是异常恶劣，"马毛带雪汗气蒸，五花连钱旋作冰"，行军路上的战马毛发上挂着雪花，汗气蒸腾，转眼间就结成薄薄的冰晶，尽管如此，将士们却斗志昂扬、奋勇前进，边塞诗把大唐的铿锵征战之音永远铭记，至今读来依然让人激昂澎湃，血脉偾张。"但使龙城飞将在，不教胡马度阴山""更催飞将追骄虏，莫遣沙场匹马还"，这些马指代的是敌人，但也从侧面反映出疆场上人马相依的密切关系。杜甫在他的军事战略组诗《前出塞》中更是提出了"射人先射马，擒贼先擒王”的兵法理念，可见“搞定马”是“打败人”的重要计谋。

唐人生活中的马

在不打仗的大后方，有一首诗这样描写长安城的“行”："长安大道连狭斜，青牛白马七香车。"如果再加上驴和"腿儿着"，基本就是唐朝人在陆地上的所有出行方式了。"马"在唐朝诗人笔下出现的次数最多。春来兴浓，郊游踏青他们乘马，那是"乱花渐欲迷人眼，浅草才能没马蹄"。宦游贬谪，马载着他们山一程水一程，"挥手自兹去，萧萧班马鸣"是和友人不舍的惜别；"云横秦岭家何在？雪拥蓝关马不前"是现实条件的艰苦，也是人生的困顿。更有甚者，拿马充当货币，李太白和友人相聚，"会须一饮三百杯"，喝爽了还忽悠主人"五花马，千金裘，呼儿将出换美酒，与尔同销万古愁"，看来马价值不菲。

话说唐末，回纥人为得"茶圣"陆羽的《茶经》，不惜用一千匹良马进行交换。此时陆羽已经仙逝，幸亏被鲁迅先生赞为唐末"一塌糊涂的泥塘里的光彩和锋芒"的诗人皮日休挺身而出，奉献出自己珍藏的《茶经》手抄本，才让大唐王朝和回纥的"换马交易"做成。穷途末路，连"万国衣冠拜冕旒"的"天子之国"也要为军需生计而拿出自己的精神财宝和番邦物物交换。遥想当年唐太宗李世民先后骑着昭陵六骏手握风雷、开疆拓土，"昔乘匹马去，今驱万乘来"，那是何等威风！唐玄宗李隆基训练良马跳舞为之祝寿，"屈膝衔杯赴节，倾心献寿无疆"，真是烈火烹油、鲜花着锦，大唐王朝到达繁荣兴盛的顶峰。若他们地下有知李氏子孙沦落到"茶经换马"的地步，不知有何感想！

唐诗大咖和马的故事

大到江山，小到个人，都难逃兴衰循环之道。除了我们熟悉的"秦琼卖马"，在中唐享誉国内外的"诗王"白居易也曾在年老贫病之时卖过马，其《病中诗十五首》中就写到卖骆马："五年花下醉骑行，临卖回头嘶一声。项籍顾骓犹解叹，乐天别骆岂无情。"共度五年的美好时光，也曾一起"赏花赏月赏秋香"，如今自己年老体衰尚且不能自保，只有和骆马惜别让它再找好人家。马非草木，也能有情，临别之际嘶鸣一声，让白居易不禁想起西楚霸王项羽和乌骓马的诀别，千般不舍，万般滋味，估计此处应该有眼泪吧？！

人生是一场魔性的电影，怎能都是悲情片段？46岁的孟郊在几次落第后终于守得云开见月明，他在《登科后》中写道："春风得意马蹄疾，一日看尽长安花。"那时候及第的进士在放榜后玩耍的节目有很多，比如"杏园宴""慈恩寺提名""曲江大会"等，通过孟郊的这首小诗我们可以遥想：全长安城的花园都为进士们开放，园子的主人盛情邀请他们看花采花。这份骄傲到现在仍然被我们津津乐道，"走马观花""春风得意"两个成语就出自这首诗，这也是"苦吟派诗人"难得一见的畅快淋漓！

同样跨马而上走向人生巅峰的还有李白，"游说万乘苦不早，著鞭跨马涉远道"。这次远行，是奉玄宗之命进京，机会终于来临，李白还是嫌幸福来得晚了一点，于是拿起鞭子起身上马直奔前程，这首诗的最后两句您肯定熟——"仰天大笑出门去，我辈岂是蓬蒿人"。李白就这样怀揣着满腔豪情和单纯的治国理想走向盛唐，留给我们一个心比天高的背影。而杜甫，"跨马出郊时极目，不堪人事日萧条"。同样是跨马行走，杜甫面对的却是安史之乱后的兄弟四散，山河破碎，留给我们一副哀痛至极，尘满面、鬓如霜的面容，带我们走出盛唐。

白居易的"贫"、孟郊的"喜"、李白的"狂"、杜甫的"痛"，种种滋味都有马相依相伴，但说到写"马"，他们却都比不上一个叫李贺的后辈小生。李贺虽然常常自豪地称自己为"唐诸王子李长吉"，但其家族只是唐朝宗室的远支，家道早已中落，又"贫"又"穷"，据说长得还特别难看，可谓"先天不足"；最倒霉的是，因为他爹名叫李晋肃，"晋"与"进"同音，李贺为了避讳，便不能参加"进士"考试，于是"知识改变命运"的道路也被封死。命途多舛的同时，他寿命也不长，才活了27岁，真真儿的一个"倒霉孩子"。

李贺写过一组《马诗》，共23首，刻画了23匹不同境遇的马，大家非常熟悉的"大漠沙如雪，燕山月似钩。何当金络脑，快走踏清秋"描绘的是一匹渴盼驰骋沙场建功立业的骏马，除此以外，他还描写了齐桓公的𬭎马、项羽的乌骓、吕布的赤兔、唐太宗的拳毛，也刻画了饥寒交加、不择口食的饿马，肥肉缠身、毫无用处的凡马，毛色脱落、鬃毛斑驳的老马，覆盖罗帕、新鞍加身的骏马……简直用诗为世间的马儿画了一幅组图，在高手如云的大唐诗坛，写诗、画画不算什么出奇的本事，但李贺却将自己怀才不遇的愤懑、渴望找到英主为之建功立业、痛心君主用庸才弃贤才等复杂的情感作笔为墨，终于修炼成了"人马合一"的最高境界，奏响了属于他和时代的"人马命运交响曲"，让人读来眼前有马，心中怜人，谁都会为这个"倒霉孩子"叹惋一声。

李贺之后，诗中无马！

雪拥蓝关马不前，中唐大儒气浩然

元和十四年（公元819年）正月十四，临近上元佳节，本应是长安城"火树银花合""明月逐人来"的良辰吉日，可一队人马却在下午时分仓皇出城，而后便快马加鞭匆匆赶路，暮色中，已行至蓝田县境的蓝关古道上。此时阴云密布，朔风怒号，大片雪花从天而降，曲折崎岖的秦岭山脉横亘天地，仿

若不可逾越的屏障，那行走的人马往前看不清去路，回身望不到家乡。雪越下越大，行路难，行路难，连善走的马匹都踌躇不前，发出嘶嘶哀鸣……在这雪虐风饕中，一位年届五旬的老人还在急鞭催马，他那饱经风霜的脸上有着冰天雪地中不知去哪里投宿的焦急，更有着难掩的愤懑忧愁。这时，一个年轻人独马追上，正是他的侄孙韩湘，老人忽见亲人，更勾起了自己的思家之情，而家又在何方呢？150里外的长安城吗？不！就在今早他向皇帝呈交《论佛骨表》的那一刻，茫茫天地之间，哪儿还有他的家呢？！留得这颗项上人头，保全全家性命已经是皇帝网开一面了。思之又想，不禁百感交集，老泪纵横，面对侄孙喃喃道："一封朝奏九重天，夕贬潮州路八千。欲为圣明除弊事，肯将衰朽惜残年！云横秦岭家何在？雪拥蓝关马不前。知汝远来应有意，好收吾骨瘴江边。"

这位老人就是韩愈。他刚刚遭到贬谪，起因是当今皇上唐宪宗把供奉在法门寺的释迦牟尼佛指骨舍利奉迎入宫，祈求延年益寿，结果导致全国百姓掀起了信佛狂潮，信佛不可怕，可怕的是人们信佛信到不种地、不做工的地步，不思进取，甚至为了表达对佛祖的虔诚，用损害肢体等自残手段供奉佛祖，精神世界异常疯狂。

韩愈作为刑部侍郎，不忍心像其他大臣一样作壁上观，置之不理，便毅然写了《论佛骨表》呈给宪宗。不仅说佛家只是番邦的法术不足为信，还列举前朝因信佛而短命亡国的先例，更请求将佛骨焚烧掉，断绝根本，且暗示宪宗如果再这样信佛下去，必将短命。诸位可以想象：正当你兴致勃勃地沉迷于一个东西并在朋友圈大晒特晒的时候，有人不仅不给你点赞还告诉你这个东西特别差，还劝你赶紧抛弃放弃否则不会有什么好下场，你能忍住三秒不把他拉黑吗？果然这胡椒面混着辣椒面的变态辣奏章让宪宗勃然大怒，当即决定处死韩愈，幸亏朝中重臣裴度等以死力保，宪宗才勉为其难，将韩愈发配到距长安几千里、瘴气遍布的广东潮州，而且没给任何通知家属收拾行李的时间，马上就走！

身在宦海，贬黜本是家常便饭，但此次，韩愈却付出了极为惨痛的代价：他心爱的小女儿韩挐（音ná）本就身体虚弱，卧病在床，但也不得不立刻动身随行，跟他远赴潮州。一路山高水恶，怎堪车马劳顿，不久韩挐就客死他乡，只能草草安葬于荒山野路，白发人送黑发人成为韩愈内心深处永远挥不去的痛！

既是千里马又是伯乐的韩愈

我们对韩愈并不陌生，除了"雪拥蓝关马不前"外，他写的《马说》更是中学必背篇章之一："世有伯乐，然后有千里马；千里马常有，而伯乐不常有……"韩愈和马有不解之缘，而他本身，更可谓是中唐时期一匹名副其实的"千里马"。

韩愈父母早亡，少时苦读，19岁赴京城长安赶考时，本想投奔族兄韩弇（音yǎn），未想到韩弇出使吐蕃却被杀，韩愈千辛万苦来到京城，可若就此打道回府，不免错失良机，若留下，又无亲朋可以依靠。这时，韩愈生命中的第一个伯乐——北平王马燧出现了，这马燧可是长安城的知名权贵，更是可以在皇家凌烟阁中悬挂画像的超级英雄，也是韩弇的好朋友。韩愈在大街上拦住了马燧的车驾，表明身份，便被马燧请入家中，以教书先生的身份教马燧的两个儿子读书，这一住就是五年。在此期间，韩愈参加了四次考试，最终在公元792年、他26岁的时候考中进士，完成了人生的第一次华丽转身。后来韩愈写下《猫相乳说》来颂扬马燧，还给马夫人写过墓志铭，表达他对伯乐的感激之情。

马燧对韩愈确实有知遇之恩，但要说对韩愈而言分量更重的伯乐，就是贤相裴度了。裴度历任宪宗、穆宗、敬宗、文宗四朝，还辅佐宪宗实现了"元和中兴"，"元和中兴"的历史意义在于朝廷在恩威并施的努力下，短暂地结束了安史之乱以后藩镇割据的局面，加强了中央集权，为衰弱的唐朝注入了强心剂。所以您得记着，唐朝的历史抛物线并不是从安史之乱后就一直是下行到底的轨迹。可这时的韩愈，正在人生的低谷期徘徊，他因写了《御史台论天旱人饥状》揭发京兆尹李实隐瞒旱灾导致百姓流离失所、饿殍遍野的实情，而遭到李实的陷害被贬到广东阳县做县令。宪宗即位，韩愈本以为能趁改朝换代大赦天下之际回京，没想到反而被人黑了一把，不仅回京无望，还被贬到江陵，降成了法曹参军。

　　裴度是公元789年的进士，和韩愈在考试时有过交集，非常了解韩愈的才干和为人，所以积极地向宪宗推荐了韩愈，于是宪宗把韩愈调回了中央。裴度的推荐，对于身处泥淖的韩愈来说，无疑是救他出坑的义举。在接下来的岁月中，韩愈作为行军司马（相当于现在的总参谋长），辅佐裴度平定了彰义（淮西）军节度使吴元济的叛乱。在那场关乎唐朝气运的战争中，韩愈不负所托，表现出非常高的战略和战术素养。回到长安，韩愈因功被封为刑部侍郎。

　　正如《马说》所云，"千里马常有，而伯乐不常有"，韩愈不仅是一匹千里马，更是一位颇具慧眼的伯乐！他对待同侪友人，更是鼎力相助：他和柳宗元是君子之交，虽然政见不同，但却彼此欣赏，在"古文运动"中"兄弟齐心"，打造"韩柳"黄金组合；他安慰屡试不第的孟郊，并为他传播诗名，成就"韩孟"诗歌团体；他还为贾岛"推敲"解惑，"鸟宿池边树，僧敲月下门"的故事人尽皆知；他对待弟子张籍，不仅不以恩师自居，反而和张籍成了情投意合的好朋友。除了写下《早春呈水部张十八员外二首·其一》中脍炙人口的"天街小雨润如酥，草色遥看近却无"外，还写下《早春呈水部张十八员外二首·其二》劝张籍不要总夙夜在公，也要适当放松自己，赏赏春景，看看柳色："莫道官忙身老大，即无年少逐春心。凭君先到江头看，柳色如今深未深"。

　　韩愈最为人称道的，还是为"诗鬼"李贺仗义执言的故事。话说李贺出身寒门，因机缘向韩愈献上诗作《雁门太守行》时，韩愈原本都换上睡衣打算睡午觉了，可刚读完开头两句"黑云压城城欲摧，甲光向日金鳞开"，便不禁拍手称快，立刻穿上会客的衣服将李贺请进大厅畅谈诗文，丝毫不以高官、长者自居。当得知李贺因为父亲李晋肃名字中的"晋"与进士的"进"同音，为避讳终身无法参加科考，无端断送一生前程时，韩愈更是路见不平一声吼："老子叫'晋肃'就不能考进士，要是老子叫"仁"，那是不是就不能做人了？！"为此他还专门写了一篇《讳辩》痛诉进士考试弊端，向朝廷的人才选拔制度直接拍砖。

文能治国武可安邦的韩愈

宋朝的苏轼是一个善于总结的人，他说韩愈"文起八代之衰，而道济天下之溺；忠犯人主之怒，而勇夺三军之帅"，作为一代文宗的韩愈，他是怎么"勇夺三军之帅"的呢？

在《论佛骨表》事件后的第二年，宪宗去世，韩愈被继任的穆宗召回长安，任命为兵部侍郎（相当于现在的国防部副部长）。公元821年，镇州发生了兵变，成德军的衙内兵马使王廷凑杀掉了朝廷委派的节度使田弘正全家，自立为成德节度使。这时候大唐王朝已经"半身不遂"，中央根本控制不住各路藩镇节度使，派兵征讨叛军不成，反被王廷凑包围了派去的深冀节度使牛元翼。无奈之下，朝廷被迫承认了王廷凑。但王廷凑却人心不足，表面答应撤兵实际上却不撤兵，于是朝廷派韩愈为"谈判专家"前往镇州。当时藩镇割据势力非常猖狂，根本不把中央放在眼里。早在30多年前，著名书法家颜真卿就因为出使李希烈叛军而被无情杀害。韩愈这一去，能否平乱尚且不说，活命也许都难，宰相元稹连连感慨："韩愈可惜了"！穆宗听到后非常后悔，赶快派使者追上韩愈，说让他在边境上转转，看看形势就速速回来，不要和叛军直面相对，以免性命不保。可韩愈却谢绝君王好意，对使者凛然答道："哪有接受了君王的命令却只顾自身安危滞留不前的？！"反而加快速度前往镇州。

到达镇州后，王廷凑任由一群叛军手持兵器大声鼓噪，一副自己控制不了士兵要把朝廷使者干掉的样子。韩愈的处境非常危险，可韩愈丝毫不畏惧，他用兵法擒贼先擒王之道，义正词严地对王廷凑说："朝廷认为你有将帅之才，才任命你为节度使，你怎么会指挥不动这些士卒？！"一举揭穿了王廷凑无法控制士兵的假象，接着便对士卒动之以情，晓之以理："你们看，从安禄山、史思明到吴元济、李师道，那些割据叛乱的人及其子孙有活下来做官的吗？"大家转念一想，确实没有啊！韩愈见士卒心动，便接着说道："即使叛乱过，但只要归顺朝廷，在大唐编制内好好工作，富贵还会远吗？"说白了就是给叛军举了一个例子，这胳膊大腿再横，也不能脱离身体单独存活，为了你们自身的荣华富贵，不如别再捣蛋，服从朝廷。一番劝说下，士卒们越发认同韩愈说的话，王廷凑一看军心动摇，赶紧遣散闹事的士卒，问韩愈此行的真正目的。韩愈就说，一切都很简单，只要他接受朝廷任命，放过被包围的牛元翼，就你好我好大家好。最终王廷凑打开包围圈，放走了牛元翼。韩愈以一介文人之身单刀赴会，充分利用叛军心理，以四两拨千斤之势完成皇帝使命，平安回到长安，真可谓察微知著、胆识过人！

纵观韩愈一生，他忠心耿耿，不顾自身安危向皇帝犯颜直谏；他无所畏避，不因自身境遇而放弃原则；他正气浩然，凭着自身的魅力折服叛军；更值得人称道的是，他作为一代大儒、文坛领袖，兴起"古文运动"，复兴儒家的仁义和道统……

韩愈是千里马，更是一道光。他在释、道盛行的时代中，手捧复兴儒学的思想火种，绝世独立；而后历经风起云涌，朝代变迁，周敦颐、朱熹、王阳明等人接过了这火种，于是宋明理学让儒家思想成为中华传统文化的主流，塑造了中华民族的性格特征，直至今日仍在你我身上熠熠生辉！

韩愈之后，后继有人！

凉州词

王翰

葡萄美酒夜光杯，欲饮琵琶马上催。

醉卧沙场君莫笑，古来征战几人回？

前出塞九首·其六

杜甫

挽弓当挽强，用箭当用长。

射人先射马，擒贼先擒王。

杀人亦有限，列国自有疆。

苟能制侵陵，岂在多杀伤。

扫码听诗
粤韵正音

送友人

李白

青山横北郭，白水绕东城。

此地一为别，孤蓬万里征。

浮云游子意，落日故人情。

挥手自兹去，萧萧班马鸣。

马诗

李贺

大漠沙如雪，燕山月似钩。

何当金络脑，快走踏清秋。

正月十五夜

苏味道

火树银花合，星桥铁锁开。

暗尘随马去，明月逐人来。

游伎皆秾李，行歌尽落梅。

金吾不禁夜，玉漏莫相催。

08

唐音：

唐朝诗人喊你去听音乐会

最近读到一句话特别喜欢："在唐诗里，世界既是初见，也是重逢。"就拿乐器来说吧，"羌笛何须怨杨柳，春风不度玉门关"，这羌笛长什么样，吹出来什么声，您知道吗？不知道！可这羌笛的名字早就随着王之涣的《凉州词》深深植根于我们心中，如泣如诉地讲述着千年前的边塞过往……

犹抱琵琶半遮面，风流唐乐奏盛宴

羌笛是唐朝特色天团"边塞诗"中的常客，岑参在他的名作《白雪歌送武判官归京》中写"中军置酒饮归客，胡琴琵琶与羌笛"，一句诗中出现三种乐器——胡琴、琵琶、羌笛，它们其实是唐朝部队乐器的铁三角组合。高适的《塞上听吹笛》写得更好，"雪净胡天牧马还，月明羌笛戍楼间。借问梅花何处落，风吹一夜满关山"，胡天、牧马、戍楼，寥寥几笔就勾勒出广袤荒凉的边塞之景：明月高悬，不知谁正拿羌笛吹着古曲《梅花落》，边疆夜静，这曲子悠扬婉转，仿佛可以随风洒满关山，更萦绕在每个戍边将士的心上……羌笛这种乐器出身并不算太高，仅仅是游牧民族自娱自乐的产物，也从没正式进入唐朝的宫廷或军队，但它却在王之涣、岑参、高适等边塞诗人们的笔下熠熠生辉，成为名副其实的"边塞一霸"！

与之相比，羌笛的亲戚"笛子"的历史就悠久许多，据说祖上可以追溯到新石器时期的骨笛，但笛子却从不倚老卖老，反而把身段放得很低：小小的牧童放牛时通常会带一支竹笛为伴，白居易的"岂无山歌与村笛？呕哑嘲哳难为听"也可以印证笛子深入民间并扎根于广大劳动人民中。"诗仙"李太白也曾于一个春天的夜晚，在洛阳城中听见有人用笛子吹奏名曲《折杨柳》，悠扬的笛声勾起了李白绵绵不绝的思乡之情：

"谁家玉笛暗飞声，散入春风满洛城。此夜曲中闻折柳，何人不起故园情。"

乐器中有些亲近百姓，也有一些是让士大夫阶层把玩的。"诗佛"王维晚年在辋川别墅修身，在竹里馆面对翠竹明月，不禁抚琴唱歌："独坐幽篁里，弹琴复长啸。"他的好朋友同属"王孟"明星团体的孟浩然夏天在南亭怀念友人辛大时说："欲取鸣琴弹，恨无知音赏。"高山流水觅知音，我国血统最纯正的乐器——古琴就此闪亮登场。传说古琴由"三皇"之一的伏羲氏所造，早在西周时期就非常流行，位居乐器家族一线。后来它又在孔老夫子的提倡下和"棋、书、画"三位结成小组，成为文人雅士入门必修的四门功课，并且稳坐第一把交椅。这古琴什么声儿？李白说："为我一挥手，如听万壑松。"就像风入松林的声音，雅正、古朴、雄劲、低回，绝对不是"咱们老百姓啊今儿个真高兴"那种喜大普奔的闹闹腾腾，因为文人通常喜欢清静，爱和花鸟鱼虫袒露心事，爱向风月流云表达惆怅，也许他们认为闹腾很庸俗。

古筝——千里姻缘一诗牵

其实，唐诗里面记录了太多太多的乐器，和大家玩一个"猜猜猜"的游戏吧："二十四桥明月夜，玉人何处教吹箫""锦瑟无端五十弦，一弦一柱思华年""凤吹声如隔彩霞，不知墙外是谁家""江娥啼竹素女愁，李凭中国弹箜篌""不知何处吹芦管，一夜征人尽望乡""渔阳鼙鼓动地来，惊破霓裳羽衣曲"……这里提到的乐器依次是箫、瑟、笙、箜篌（中国竖琴）、管子（筚篥，也叫觱篥）、鼙鼓，您猜对了吗？

唐诗记录了唐乐，唐乐装点了唐诗，就像白居易和琵琶女，萍水相逢间，不知谁成就了谁。中唐时期，还有一个名叫李端的诗人和一个弹筝女子，因为一筝、一诗，成就了一段姻缘，留下了一段佳话……

话说中唐诗坛，在盛唐"李杜、王孟"（李白、杜甫、王维、孟浩然）等大家谢幕，"元白"（元稹、白居易）、"韩孟"（韩愈、孟郊）、"刘柳"（刘禹锡、柳宗元）等后起之秀尚未登场之前，有一个过渡明星团体叫"大历十才子"，今天故事的主人公就是"十才子"之一的李端。李端是赴京（长安）赶考的学子，几经波折终于进士及第闯进长安上层社会。当时长安上层圈子里的风云人物叫郭暧，听着有点耳熟是不是？没错，他就是汾阳王郭子仪的六公子，当朝天子唐代宗的驸马，因"醉打金枝升平公主"被我们记住的那位爷。这位"脾气上来爱谁谁"的京城爷们儿非常青睐李端，因为李端不仅诗名在外，更以才思敏捷"立作即成"誉满长安。郭府有一位婢女名叫镜儿，不仅长得漂亮还弹得一手好筝，李端非常喜欢她但又不好意思展开追求。郭暧知道后就对他说："如果你能以《弹筝》为题现场作诗一首，让大家高兴，我就把镜儿赏赐给你！"李端一听暗自窃喜，心说这现场作诗对我来说不就是张飞吃豆芽——小菜一碟吗？于是看着明艳动人的镜儿，听着悦耳动听的筝声，诗句便脱口而出："*鸣筝金粟柱，素手玉房前。欲得周郎顾，时时误拂弦。*"郭暧一听，拍案叫绝，在座宾客，纷纷鼓掌，一齐称赞"好诗好诗！"怎么好？我给您分析分析，前两句诗中的"金粟柱""玉房"都是写筝的华丽珍贵，"素手"点出弹筝人不仅如花似玉，还暗中夸赞弹筝人琴艺高超。可后两句话峰一转，这位妙人竟犯了错误——"时时误拂弦"，就是总是弹错，原来是弹筝小菜鸟一枚。事实真的如此吗？非也，非也，佳人真的是弹筝高手，这些错误都是她故意犯的，目的是让听众"周郎"多看自己几眼罢了。

这周郎就是我们熟悉的三国名将周瑜，他不仅能"*谈笑间，樯橹灰飞烟灭*"，还精通音律，特别是耳朵非常好使，只要有人弹错琴，他立马就能听出来，因此东吴有句谚语说"曲有误，周郎顾"。于是很多年轻貌美的姑娘为了能让这英俊潇洒的青年豪杰多看自己几眼，就会在他经过时故意弹错琴。由此可见，李端的这首诗写得实在巧妙，难怪赢得满堂喝彩，郭暧也"愿赌服输"，让他抱得美人归了！

琵琶——唐朝乐器我为尊

说了很多诗，也介绍了不少乐器，是不是总觉得少了点什么？没错，因为我们的"乐器之王"——琵琶还没有闪亮登场！关于乐器的诗词，小时候我最先会背的并不是"羌笛何须怨杨柳，春风不度玉门关"（王之涣的《凉州词》），而是"葡萄美酒夜光杯，欲饮琵琶马上催"（王翰同名的《凉州词》）。是的，在大唐，琵琶可是上得了皇帝殿堂，下得了百姓身旁，文能伴朝臣，武能陪将军的"乐器之王"。琵琶这个名也很有个性，是按照演奏动作起的，右手往前弹叫"琵"，右手往后挑叫"琶"，相当于"王跑跳"或者"李拉伸"。它的血统也非常复杂，出生在秦朝，后又在南北朝时期和西域传来的琵琶进行"混血"，唐朝时又经历了改良，由横抱着用拨子弹变成了竖抱着用手弹。白居易的《琵琶行》里写"犹抱琵琶半遮面"，想来作此诗时琵琶已经完成改良了。

小白同学很善良，被贬黜江州时偶遇京城年老色衰的琵琶女，就和人家说"把你的故事告诉我，我给你写诗让你出名"，于是这名"老大嫁作商人妇"的琵琶女就和遇到了达·芬奇的蒙娜丽莎一样，一举成为世界知名人物。而这首《琵琶行》也和早它十年出生的《长恨歌》一起，成为小白生命中的"长庆体姐妹花"。他是怎么描写琵琶音色的呢？"大弦嘈嘈如急雨，小弦切切如私语。嘈嘈切切错杂弹，大珠小珠落玉盘。间关莺语花底滑，幽咽泉流冰下难。冰泉冷涩弦凝绝，凝绝不通声暂歇。别有幽愁暗恨生，此时无声胜有声。银瓶乍破水浆迸，铁骑突出刀枪鸣。"这段诗每每读来都让我起鸡皮疙瘩，怎么评价它呢？无法评价，词穷！不要说在大唐诗歌史，就是放眼整个中国文学史甚至世界文学史，写琵琶，小白如果说第二，就没有人敢当这第一！

唐朝延续了悠悠289年，由于政治稳定、经济繁荣，各个皇帝都非常开放，积极吸收周边国家的各种营养，于是在音乐等诸多方面，都达到了一个个高峰。有一幅唐人画的《官乐图》就记录了那个风流倜傥的时代。这幅《官乐图》画的是十二位美女，其实她们就是唐朝后宫的一个吃喝玩乐小分队，这小分队又分为奏乐、吃茶、喝酒三个小组。音乐组的五位美女，四坐一立，坐着的美女从左到右演奏的乐器依次是笙、筝、琵琶、箫（一位音乐权威人士告诉我不是筚篥也不是胡笳，而是箫），站着的那位打的是牙板。有图有真相，琵琶果然占据了乐器的中心位置。

《官乐图》很幸运，在历经沧海桑田朝代变迁后依然存世，现藏于台北故宫博物院；而我们更加幸运，能通过这幅珍贵的唐画一窥千年前的繁华盛景、风流过往……顺便说一句，从美人们的衣服、配饰到坐凳表面的装饰，《官乐图》中用了大量的石榴红，如果您问我心中的大唐是什么颜色，我会毫不犹豫地告诉您："就是这个色！"

慨然抚长剑，无愧"天可汗"

隋朝大业十一年（公元615年）八月，三征高句（音gōu）丽遭遇惨败的隋炀帝杨广怀着郁郁寡欢的心情，开始了对大隋北部边疆的巡狩之旅。殊不知此时此刻，他的北方近邻东突厥正对大隋的山川沃土虎视眈眈，谛视着杨广的一举一动，一场血雨腥风即将席卷而来……

东突厥，一个在6世纪中叶崛起的北方游牧民族，在首领始毕可汗的带领下，起数十万兵马，南下突袭杨广。由于事发突然，东突厥骑兵攻势迅猛，转眼间雁门郡（今山西省代县）的41座城池已被攻取39座，只剩杨广所在的雁门和他儿子杨暕（音jiǎn）所守的崞县。东突厥骑兵把雁门城池团团围住，奋力攻打，箭矢甚至射到了杨广面前！城中的存粮已经不多，杨广此刻别无他法，只得固守城池，等待救援。消息传来，各郡县纷纷起兵勤王，怎奈"远水不解近渴"，即使能够火速赶到，仓促拼凑的队伍也不见得能够击败有备而来的东突厥人马，眼见杨广的性命和大隋江山都岌岌可危！

这时，在屯卫将军云定兴的队伍里，一个年仅16岁，刚来投军的毛头小子献出一计："始毕可汗之所以举全国之兵围困天子，定是料想我们的援兵无法及时赶到，想打我们个措手不及。兵法有云'兵不厌诈'，此时不如使用'疑兵计'，日间数十里旗帜不断，夜晚征鼓齐鸣，贼寇定会以为我们已经集结了强大的勤王部队，自然会退兵！"云定兴听后大为赞叹，立刻照计行事，东突厥兵马果然中计，害怕被前后夹击，于是解围而去。

这位献计少年，此刻只是在"雁门之变"中为隋炀帝杨广解围的无名小卒，但随着时光的流转和命运的推波助澜，他不仅辅佐父亲李渊一举推翻了隋朝的残暴统治，还建立了中国历史上最辉煌的统一王朝——大唐。而后他又开疆拓土，挑战东突厥在东亚的霸主地位并取而代之；更被外邦拥为中国历史上第一个西域诸国的共主——天可汗。

他就是今天故事的主角——唐太宗李世民！

不堪回首往事忧

李世民在战火的废墟上开创了一个政治清明、经济复苏、对外交流丰富、文化兼容并包的治世局面，"贞观之治"被后人广为传颂。但今天我们要说的，是他和大唐近邻之间的那些事儿，比如那个疆域西到里海、东至辽海、北接贝加尔湖、南据内蒙古的强大汗国——突厥。

在聊"唐突"两兄弟前，我们有必要看看唐朝前期的疆域地图，对它的近邻有所了解。唐朝西有吐蕃和吐谷（音yù）浑，东北有契丹和靺鞨（音mòhé），南有南诏，正北方向辽阔的土地上有强悍的突厥王朝。

突厥起源于准噶尔盆地以北，公元540年，"突厥"这个词开始在中国史书中出现，相传他们身体里流淌着狼的血液。隋朝对这个强邻格外警惕，利用他们的内部矛盾将其分裂瓦解成东西两部分，并使他们对隋朝俯首称臣。

众所周知，山河永固只是历代统治者梦寐以求的神话，哪有什么千秋万代固若金汤的江山？国家的版图向来随着统治者的雄性荷尔蒙增减变幻大小形状。隋炀帝对外穷兵黩武，三征高句丽屡战屡败，损失惨重；对内不恤民力，强行开凿京杭大运河。不断叠加的恶果使隋王朝在风雨中飘摇，已临近崩溃的边缘。

在东突厥启民可汗去世后，新即位的始毕可汗便露出了像狼一样的利齿，打算彻底撕碎隋朝这只喘息甫定的羔羊，于是突袭雁门，围困隋炀帝……

雁门之围虽然解除了，但杨广的所作所为早已天怒人怨，导致民变四起，雁门的刘武周、朔方的梁师都、河北的窦建德等纷纷举起反隋大旗。始毕可汗很聪明，他翻云覆雨，只要周边的反王来依附他，就封他们为天子，充分利用这些反王打击隋朝，并从中大捞好处。

公元617年，太原留守李渊起兵反隋，他最大的顾虑是北方的东突厥。若是在他兵发大兴城（隋朝都城，今西安）的过程中被东突厥攻击大本营太原，必定会因腹背受敌而失败。于是李渊在百般权衡后想出一个下策——向东突厥臣服。他从东突厥购买了大量战马，借用了少量骑兵。并约定破大兴城之后，城池和子民归李渊所有，东突厥则可得到大量财宝和妇女。一年以后，李渊虽然如愿攻破大兴城建立了唐朝，但面对东突厥傲慢无理、贪得无厌的索求时，这位高祖皇帝心中，充满着不甘和耻辱，他不禁仰天长叹："何年何月才能一雪前耻，以绝后患？"

百万军中盟渭水

始毕可汗死后，他的弟弟颉利可汗更加野心勃勃，他倚仗兵强马壮，年年侵扰唐朝。此时唐朝由于刚刚建国，力量尚弱，虽然与东突厥多次交兵，但败多胜少。颉利可汗曾亲率大军十五万围攻并州，掠走了大唐五千多子民，高祖李渊只能继续用重赏来对侵略者虚与委蛇。随着东突厥不断强大，高祖甚至曾经考虑迁都以避其锋芒。

此刻我们先来看看，当年那个用"疑兵计"吓退东突厥的小卒身上发生了什么。

雁门解围后，李渊驻守太原，被人称"历山飞"的高阳魏刀儿围困，17岁的李世民轻骑突入、箭无虚发、所向披靡，从万军之中救出父亲。

19岁时，他随父亲起兵反隋。李渊率领的军队在霍邑被隋将宋老生挡住，李渊举棋不定意欲退兵，李世民反复陈说利害，消除李渊顾虑，避免军队溃散，接着他斩杀宋老生，为李渊攻取大兴城立下汗马功劳。

而后他征战四方，不断铲除地方割据势力，西平薛仁杲，北击宋金刚、刘武周，东围王世充。面对窦建德所率赶来营救王世充的十余万大军，他力排众议，自信地对大将尉迟敬德说："我手中有弓箭，你手中有长矛，敌人纵然有千军万马，又有什么可怕的？！"有此神武英姿，他在虎牢关前以少胜多，大败窦建德，逼降王世充，将中原地区全部纳入大唐版图！

"银鞍照白马，飒沓如流星"，每一场决定唐朝命运的生死搏杀中，都闪现着李世民的身影，他所到之处，"攻无不克，战无不胜"。

公元621年的一个夏日，22岁的李世民一马当先凯旋回朝，只见他身披黄金铠甲，身姿挺拔，气势刚健，周身仿佛都散发着光芒，在他身后一万铁骑和三万甲士押解着擒获的窦建德、王世充及其残余部队。长安城中，早已万人空巷，伴随着雄壮的军乐声，百姓沿街而立，雀跃欢呼，列队迎接。"昔乘匹马去，今驱万乘来"，李世民这场盛大的武功秀无比辉煌，也因功被高祖李渊册封为天策上将、陕东道大行台，位在诸王公之上。

福兮祸所伏，李世民屡立战功又声威烜赫，日渐威胁到了哥哥李建成的太子地位，引起了李建成的嫉妒和仇恨。俗话说天无二日，自此兄弟之间愈发势如水火。公元626年，李世民先发制人，杀死了哥哥李建成和弟弟李元吉，逼迫父亲李渊退位，史称"玄武门之变"。龙争虎斗的结果是以牺牲人伦亲情为代价，但生在帝王之家，有些举措实属无奈！李世民自此完成了华丽的转身，揽日月江山入怀，立巍巍朝堂之上，成为大唐的九五之尊。

话说李世民刚刚即位之时，枭雄颉利可汗立刻敏锐地觉察到这是趁乱击败唐朝的最好时机。他亲率倾国之兵直取长安，一举突破名将尉迟敬德的防线，直捣渭水之北，满朝震惊。

颉利可汗的大将执思失力先入长安刺探虚实，对着李世民傲慢地夸耀："颉利可汗带领百万精锐已经到了长安，请你去城外迎接！"面对赤裸裸的恫吓，李世民义正词严："我与你们可汗曾经当面订立合约，多年来给你们的金帛无法计数，你们却自恃兵强马壮背弃盟约深入唐境，你若再度出言不逊，我便杀了你再去会战！"于是他命左右扣下执思失力，仅带着几位大臣直奔渭水，与颉利可汗隔水相望。

突厥各路酋长见到唐朝天子临百万军前如同闲庭信步，无不被其气度折服，纷纷下马行礼。不一会儿，只见唐军纷纷列队而至、旌旗招展、兵甲闪耀、整齐划一、军容强盛，突厥军队不由得人心浮动。李世民命令士兵后退列阵，单独上前和颉利可汗按辔而言。颉利可汗见李世民从容自若，觉得唐军定然有备，没有必胜的把握，不由心生怯意选择请和。

第二天，李世民和颉利可汗在渭水便桥杀白马盟誓，颉利可汗引兵退走的同时带走了大量金银财宝。颉利可汗欲献马三千匹、羊万只，可李世民并没有接受，只诏令要回被劫掠的唐朝子民。

后人观望历史也许只看到表面的云淡风轻和最终的结果，殊不知那些历史事件发生的每时每刻都波涛暗涌甚至充满了惊涛骇浪！

当初李世民单骑会颉利可汗时，有大臣抓着他的马辔头恳请他不要孤身犯险。他却说："我算准东突厥之所以举国入侵，是认定大唐初建国力孱弱，难以御敌。我若关门据守，他们气势一盛，再度发兵就更难制服。此次我单骑出见颉利可汗，是想让他知道我们做好了交战的准备，并不惧怕他，出其不意进而显耀军容，颉利大军虽然猖狂，但他们深入我军腹地，自会害怕没有退路。所以我们与他们交战定能取胜，与他们言和也必然牢固。制服突厥，在此一举！"李世民正是通过一步步的交锋，压倒了颉利可汗的气势，最后不战而屈人之兵，显示出超人的智慧和勇气。

颉利可汗退兵后，有人劝李世民趁势追击，但他说："假若让大军在后追赶，伏军在前阻击，确实能够稳操胜券。不过，我刚刚即位，国家需要休养生息，如果和突厥开战，杀伤必多，兵连祸结会导致国家动荡，民不聊生。我现在收兵不战，赏赐给他们玉帛，他们肯定会骄慢。骄傲，是灭亡的开端。这就是'将欲取之，必固与之'的道理。"事实证明，正是因为李世民采取了"渭水便桥结盟"的迂回战术，唐朝才得以休养生息，积蓄国力。这次蓄养也致使"唐突"间的国力、军事实力等发生了扭转。

"君子报仇，十年不晚"，即便在休养生息的时刻，李世民也从未放下自己的复仇之剑！他召集将领讲授突厥和中原的盛衰史，强调提高军队战斗力的重要性，并每天亲自带领几百人在显德殿前练习射箭，射中的立刻给予赏赐。尽管朝臣怕发生危险纷纷劝谏，但他毫不在意，仍然亲自训练士卒。随着时间的打磨，一支支人人奋勇、个个争先的精锐之师即将宝剑出鞘，荡平六合八荒，他们现在等待的，就是时机了。天遂人愿，老天并没有让李世民等太久，仅仅过了四年，机会就来了……

飞度阴山擒颉利

贞观四年（公元630年），东突厥内部发生动乱，太宗任命兵部尚书李靖为定襄道行军总管，会同李勣、柴绍、薛万彻等率领的十几万大军，分道攻击东突厥。

李靖，这个被后世封神，传为"托塔李天王"的人，确实是一位不世出的名将。年少时，他的舅舅隋朝名将韩擒虎每每与他谈论兵法，都不禁拍手称奇："能有水平谈论孙吴（孙武、吴起）兵法的人，非你莫属呀！"隋朝的开国功臣左仆射（音yè）杨素也非常欣赏李靖，曾经拍着自己的坐床对他说："你将来做官一定能做到这个位置。"就连唐高祖李渊也曾盛赞他："古代的名将，就是韩信、白起、卫青、霍去病也比不了你！"

此番攻打东突厥，恰逢隆冬，寒风凛冽、大雪纷飞，李靖此时虽已年近六旬，但雄风依旧。他亲率三千精锐骑兵，绕过东突厥的层层防线，从马邑（属今山西省朔州市）向恶阳岭挺进，如一把锋锐的尖刀直插颉利可汗的王庭定襄（今内蒙古自治区和林格尔县）。

颉利可汗突闻唐军兵临城下，不由得惊慌失措，对探马大叫："唐军若不是倾国而来，李靖又怎敢孤军深入？！"顷刻间定襄城内人心惶惶、一日数惊。李靖趁机派间谍施展离间计，迫使颉利可汗的心腹康苏密向唐军投降，唐军与康苏密里应外合，一举攻破定襄，报了当年的"渭水之仇"！

颉利可汗仓皇逃窜到阴山以北的碛口（今内蒙古自治区四子王旗）设立牙帐。他为得到喘息的机会，以便日后东山再起，便忙派使者前往大唐谢罪。太宗皇帝表面上顺势答应，派出鸿胪卿唐俭前去安抚。

李靖深知东突厥早已是太宗的心腹大患，此时正是除去他们的大好时机，便对副将张公谨说："使者到了敌营，颉利定会以为皇帝允许和谈因而放松警惕，咱们选一万精兵携带军粮，从白道出发，突袭颉利设在阴山的牙帐，必能将其歼灭！"张公谨却担心地说道："陛下已经允许他们投降，咱们的使者又在那里，贸然攻击不好吧？"李靖胸有成竹地说："战斗中的时机稍纵即逝，这正是韩信破齐国的计谋，一定要当机立断！将在外，君命有所不受！皇帝圣明，一定不会怪罪我们！"于是带兵急速前进。

颉利可汗初见大唐使者时非常高兴，心想太宗皇帝也不过如此，未曾识破自己的缓兵之计，所以沾沾自喜完全放松了警惕，直到李靖的军马逼近他的大帐，才发现还是太宗技高一筹！此时他的脑子里只有一个字——"逃"！于是飞身上马狂奔而去。

东突厥军中已群龙无首，部众立刻作鸟兽散，唐军在后紧追不舍。"月黑雁飞高，单于夜遁逃。欲将轻骑逐，大雪满弓刀。"李靖部队斩首突厥士兵万余人，俘获男女十余万，颉利可汗逃奔他的从侄沙钵罗部落，最终仍被大同道行军副总管张宝相擒获俘虏回长安，成为有史以来第一个被活捉的草原帝国最高统治者……

喜讯传来，已过花甲之年的太上皇李渊喜出望外，他为了推翻隋朝而向东突厥称臣纳贡的"不堪过往"、所遭受的屈辱顷刻间被冲刷得烟消云散。如果说他此前还在为"玄武门之变"手足相残而痛心愤懑，那么此刻他大概会真切地意识到：李世民才是大唐当之无愧的继承者！"一笑千场醉，浮生任白头"，李渊在席间开心地弹起了琵琶，酒酣耳热之后，李世民翩然起舞，欢饮通宵达旦……

自此，大唐，以一种全新的史诗般的姿态屹立在世界东方！这一年大唐迎来了一个高峰——各部族酋长齐至长安，共同敬献给太宗一个亘古以来从未有过的尊号，各民族的共主——"天可汗"！

太宗谦虚地说："我是大唐的天子，还可以再做可汗的事吗？"他得到的回答是文武百官和外邦各族酋长充满敬仰的山呼万岁，看到的是人们以各种不同的姿态向他跪拜行礼。一种类似联合国的体制出现了，大唐天子李世民通过声威赢得了海内四方的推崇，成了人心所向的"联合国秘书长"。

一个彪炳千秋的"天可汗"时代自此开始！大唐历史上首次形成了"胡、汉分治"的政体，太宗在发往各族的诏书上使用"天可汗"的印玺，在体系内，各国可汗即位需要天可汗来下诏册封，这样既保证了各国的独立，也保证了大唐能够仲裁体系内各国的争端，对破坏和平的成员实施制裁，维护附庸国之间的平衡。宋人欧阳修等撰《新唐书·北狄列传》称赞道：

"唐之德大矣！际天所覆，悉臣而属之；薄海内外，无不州县，遂尊天子曰天可汗。三王以来，未有以过之……"

恩威并济天可汗

北京的故宫博物院藏有一幅唐代名画——《步辇图》。作为"中国十大传世名画"之一，它记载了大唐文成公主和吐蕃赞普（吐蕃王）松赞干布隽永的爱情故事，可既然是爱情主题，为什么男女主人公却没有出现在画中呢？说来话长，这次"唐土"联姻，可谓唐朝历史上的一件大事。在没有照相机、摄像机的年代，太宗皇帝命宫廷画家阎立本记录了这一盛况。

阎立本左思右想，既没有画文成公主在送亲使者和吐蕃专使的伴随下拜别太宗前往吐蕃的情景；也没有画松赞干布率吐蕃群臣到河源附近的柏海（今青海玛多县境内）迎接文成公主，谒见送亲使者太宗族弟李道宗行子婿之礼的时刻。阎立本不落窠臼，用画笔永远定格了"求亲"的瞬间：太宗端坐在宫人所抬的步辇上，雍容大度、衣冠甚伟；吐蕃使者禄东赞面色恭谨，正在向太宗行礼；唐朝使臣朱衣象笏，气度不凡……阎立本深知此次联姻是汉、藏民族亲善交往的要事，他如此着墨下笔，不仅让太宗一代明君的风范与威仪跃然纸上流传千年，还使意义更宏大，内涵更隽永！

相比笃信武力的汉武帝而言，太宗采用的边疆策略要和缓得多，他曾经动情地说："自古皆贵中华，贱夷狄，朕独爱之如一。"和亲是太宗加强和各民族关系的重要策略，和亲双方的经济实力和综合国力、和亲的缘由和目的及其背后寄托的政治意义要远远胜于婚姻本身。他的妹妹衡阳公主嫁给了东突厥颉利可汗的侄子阿史那社尔，吐谷浑等亲唐政权也都获得了迎娶唐朝公主的荣耀。

吐蕃与唐朝几乎同时立国，建都于逻些（今西藏自治区拉萨市），在赞普松赞干布的治理下，成为唐朝西南方的军事大国。正在崛起的吐蕃当然非常想攀上唐朝这门"好亲戚"。吐蕃的求亲之路可谓一波三折，最初松赞干布派使者赴长安求亲，太宗也许是对这个新兴国家缺乏了解，便直接拒绝了。吐蕃使者回去却对松赞干布说："本来天可汗是有意把公主嫁给您的，但吐谷浑王从中作梗，所以他变卦了。"松赞干布听后大怒，决定立刻发兵攻打吐谷浑。短兵相接，吐谷浑大败而逃，松赞干布向唐太宗完美展示了吐蕃的实力。此时，太宗也注意到了这是一个劲敌，不容小觑！

松赞干布既然已"宝剑出鞘"，就开始了"第二次"的求亲之路。公元638年七月，他亲率二十余万大军，陈兵松州（今四川省阿坝藏族羌族自治州），向太宗喊话："如果贵国不把公主嫁给我，我便只能打进去迎娶公主了。"松州都督韩威出城迎战，大败而归。太宗此刻不得不重新审视这个求亲者。他当即命大将侯君集为当弥道行营大总管，带领将军执思失力、牛进达等人，率兵五万对吐蕃发起进攻。牛进达夜袭吐蕃营寨，斩千余人，松赞干布退兵请罪。

手腕掰过了，唐、土都知道了对方不容小觑，太宗决定用恩义笼络吐蕃，把宗室之女文成公主许配给松赞干布。于是松赞干布派出大论（相当于宰相）禄东赞赴唐求亲，这历史性的一幕被阎立本记录在画作中，成为传世名画《步辇图》。禄东赞面对大唐天子，不卑不亢，英勇机智，他层层闯关，巧妙地完成了太宗设下的"绫缎穿九曲明珠""辨认一百匹骒马和一百匹马驹的母子关系""一日内喝完一百坛酒，吃完一百只羊，还要把羊皮揉好"等六道难题，不仅击败了各国百余位求亲者，更展示了吐蕃的风采，赢得了太宗的尊重。

贞观十五年（公元641年），文成公主进藏，大唐派亲王李道宗护送文成公主，松赞干布则亲自到青海迎接，并在拉萨为文成公主修建了宫殿，这就是著名的布达拉宫。松赞干布迎亲时，对大唐的服饰文化、大国风范钦服不已。文成公主进藏，不仅带去了至今仍供奉在拉萨大昭寺内的释迦牟尼十二岁等身像，更带去了不计其数的文史典籍、奇珍异宝、农具良种、医药技术和各类随行人员。这次和亲不仅为两地人民争取了二十多年的和平，推动了吐蕃经济文化的发展与进步，更是促进了"汉藏"之间的文化交流，成为永载史册的"成功联姻"！

当然，对于那些敢于挑衅的异族，太宗也从没放下他的宝剑。贞观十四年（公元640年），他消灭勾结西突厥、占据丝绸之路咽喉要道的高昌国，建立了管辖西域的安西都护府；贞观十八年（公元644年），他灭掉了叛唐投靠西突厥的焉耆（音qí）；贞观二十二年（公元648年），他灭龟兹（音qiūcí），设置了龟兹、疏勒、于阗、碎叶四个军区，合称"安西四镇"，西域重镇自此尽入唐朝版图！

太宗曾自豪地说："我提三尺剑平定四海，一统天下克胜四夷，再边远的民族也率相宾服，和秦始皇、汉武帝也差不多了！"的确，他善于谋国、唯才是举、用兵如神、积极纳谏，既有居安思危的眼光，又有海纳百川的气概！他拉开了大唐将近三百年风流强盛、开放多元的帷幕，更为后世"万国衣冠拜冕旒""公私仓廪俱丰实"的"开元盛世"奠定了雄厚的根基，最终使唐朝成为中国历史上最鼎盛的朝代，我认为这功绩可谓远超秦皇汉武！正是：

> 慨然抚长剑，济世岂邀名。
>
> 星旂纷电举，日羽肃天行。
>
> 遍野屯万骑，临原驻五营。
>
> 登山麾武节，背水纵神兵。
>
> 在昔戎戈动，今来宇宙平。

塞上听吹笛

高适

雪净胡天牧马还，月明羌笛戍楼间。

借问梅花何处落，风吹一夜满关山。

春夜洛城闻笛

李白

谁家玉笛暗飞声，散入春风满洛城。

此夜曲中闻折柳，何人不起故园情。

寄扬州韩绰判官

杜牧

青山隐隐水迢迢，秋尽江南草未凋。

二十四桥明月夜，玉人何处教吹箫。

塞下曲

卢纶

月黑雁飞高，单于夜遁逃。
欲将轻骑逐，大雪满弓刀。

听筝

李端

鸣筝金粟柱，素手玉房前。
欲得周郎顾，时时误拂弦。

扫码听诗
粤韵正音

09

唐节：

唐朝诗人笔下最美的节气

列数二十四节气，我最爱白露，而且始终认为它承载的诗意绝对位列二十四节气之首！我出生在北京，生于斯长于斯，白露时节，酷暑散尽，天地澄澈，为北京城最美的秋拉开了序幕，如果没有雾霾干扰，光是这湛蓝湛蓝的天儿就足以让人欣喜若狂。

露从今夜白，谁给白露站过台

悉数古往今来文人骚客为二十四节气所作的诗词，流行指数最高的当属杜牧的《清明》，几乎妇孺皆知、人人会背。请不要和我提什么苏轼的"但愿人长久，千里共婵娟"，或者王维的"遥知兄弟登高处，遍插茱萸少一人"，先敲个黑板，我说的是节气，不是节日。节气是什么？如果对此稍微有点了解，《朝代歌》和《二十四节气歌》应该属于应知应会的范畴。况且，既是节气又是节日的只有"清明"一个，说句老话儿，"姥姥也疼舅舅也爱"，其他的都没这个福分。

清明虽然名气大，但是诗意和白露却不能相提并论，下面咱们就聊聊白露的诗意。"蒹葭苍苍，白露为霜，所谓伊人，在水一方"，《诗经》中的《蒹葭》应该是古人给白露打出的最遥远、最知名、最浪漫的广告了。到了唐朝，白露更是成为众多诗人的心头所好，狭义地说，"白露"是节气，广义地说，"白露"即露珠。露珠之所以叫白露并不是因为露珠颜色白，而是因为古人以四时配五行，秋属金，金色白，故以白形容秋露。

众位诗人眼中的白露

"是时白露三秋中，湖平月上天地空"，刘禹锡在《洞庭秋月行》里提及了白露的时间，是在孟秋过后，仲秋开始的时候，所以说"三秋中"。这一夜刘禹锡泛舟于洞庭湖上，看月生湖心，层波如金，玩得很开心。

"清风一朝胜，白露忽已凝。草木凡气尽，始见天地澄。"元稹在《秋堂夕》中介绍了白露时节的特点。虽然现在千年已过，节气指导生活的实用性淡化了，例如"草木凡气尽"就不太对了，因为金秋时节，全国大部分地区还是可以"赏花赏月赏秋香"的，但这也印证了全球气候变暖的趋势。

韩愈眼中的白露是萧条的开始，他的《秋怀诗》其中一首写道："白露下百草，萧兰共雕悴。青青四墙下，已复生满地。"古人伤春悲秋，不仅因为感慨人生际遇，也有一部分原因是当时春尽后少花，秋来后无草，大自然少了很多趣味。如果他们知道一千多年后的人们发明了一种叫"温室大棚"的东西可以让花常开不败，在寒冬腊月也可赏得百花，估计他们伤春悲秋的情愫会缓解一点点。

可惜谁也没有机器猫的时光机，这些诗人还得老老实实地待在唐朝面对秋尽冬来的寒冷肃杀，所以白乐天纵使身在气候条件还算不错的江南，也只得吟诵："西风飘一叶，庭前飒已凉。风池明月水，衰莲白露房。其奈江南夜，绵绵自此长。"（《新秋》）是的，那清冷孤单的长夜总要独自面对，莫可奈何，轻叹一声而已。

长夜漫漫，自应有歌有曲。王勃的《杂曲歌辞·秋夜长》就写得特别好："秋夜长，殊未央，月明白露澄清光，层城绮阁遥相望……"想必配上适合的乐器，伶人的妙嗓，唱出来余音袅袅，一定很好听。同是《杂曲歌辞》，孟郊的《出门行》便多了远赴他乡的征人的苦味，唱出来的也成了沉郁悲苦：

"长河悠悠去无极，百龄同此可叹息。秋风白露沾人衣，壮心凋落夺颜色……"

金戈铁马、豪情万丈的边塞诗是唐朝的特色产品，岑参眼中的白露和万里秋风、日暮黄云配在一起，立刻变得硬朗雄壮起来："白露披梧桐，玄蝉昼夜号。秋风万里动，日暮黄云高……"

读来更有气势的是陈子昂的《秋日遇荆州府崔兵曹使宴》：

> 辎轩凤凰使，林薮鹖鸡冠。
>
> 江湖一相许，云雾坐交欢。
>
> 兴尽崔亭伯，言忘释道安。
>
> 林光稍欲暮，岁物已将阑。
>
> 古树苍烟断，虚亭白露寒。
>
> 瑶琴山水曲，今日为君弹。

不知是否因其两次出使边塞，算是一名军人，陈子昂的诗读起来总是韵味铿锵，风骨遒劲，难怪这个振臂疾呼恢复"魏晋风骨"的四川小青年能在初唐诗坛占据一席之地，这"诗骨"的别号也是名副其实。

论唐诗中白露的美丽，最美不过在重阳佳节登高远望的卢纶笔下的《九日奉陪侍郎登白楼》，"红霞似绮河如带，白露团珠菊散金"，天边霞光似火，地下秋菊如金，河流蜿蜒，露珠团团，远景旖旎，近景精妙，颜色明快，姿态万千，让人读来口角噙香。可以与之相提并论的只有杜甫亲爷爷杜审言所作的"白露舍明月，青霞断绛河"了吧。杜家祖传手艺对仗特别工整，这"白""明""青""绛"除了"明"字以外，都不是颜色的实写，否则，露如何白，霞如何青，河怎会绛？杜审言绝对不是欧美前卫画家或者色盲，这里的颜色都是四时五行对应的颜色，白露前文已经提过，青是东方的颜色，绛即是赤，是南方的颜色。咱们中国文化真的是博大精深，写到这里必须给一个大大的赞。

李白、杜甫眼中的白露

杜审言老人还算幸运，他生活的时期唐朝还在走上坡路，俗话说"风水轮流转""三十年河东，三十年河西"，到了他孙子杜甫那会儿，安史之乱犹如一把锋利的刀捅进了大唐帝国的心脏，唐朝从此江河日下，苟延残喘。江山破碎岂有小家瓦全，杜甫的四个弟弟不仅不知所踪，而且生死未卜，他在兵荒马乱中度过了一个特别凄惨的白露，所以他看到的月亮是暗淡的，远不及记忆里家乡的明亮，看到的白露也不是清透的露水，而是战争中颠沛流离、无家可归的百姓的滴滴血泪。在那个黑暗的白露时节，杜甫将怒号、哀怨、痛苦、叹息都写进了这首《月夜忆舍弟》中："戍鼓断人行，边秋一雁声。露从今夜白，月是故乡明。有弟皆分散，无家问死生。寄书长不达，况乃未休兵。"无论什么时代，战争残忍无情、和平弥足珍贵都是永恒的真理。

"诗仙"李白也写过几首和白露有关的诗，比如非常有名的《玉阶怨》："玉阶生白露，夜久侵罗袜。却下水晶帘，玲珑望秋月。"唐朝的男诗人们特别喜欢在诗里玩"角色扮演"，把自己化身为失宠的宫娥啊，遭丈夫抛弃的怨妇啊，刚结婚的新娘啊，等等，假借他人之口，说自己想说而又不好意思说的话。李白还有一首怀古诗追思自己的偶像谢朓，那也是白露时节，"白露垂珠滴秋月"，那些露珠仿佛是从月亮里滴出来的。是的，浪漫主义诗人一定不能老实，一定要夸张、张狂、狂傲，视角一定要独到，思想一定要新奇。所以李白成功了，他夸张："飞流直下三千尺，疑是银河落九天""白发三千丈，缘愁似个长""尔来四万八千岁，不与秦塞通人烟"……他自信："大鹏一日同风起，扶摇直上九万里""长风破浪会有时，直挂云帆济沧海"……他狂放："仰天大笑出门去，我辈岂是蓬蒿人""天子呼来不上船，自称臣是酒中仙"……以上种种，让李白成为唐朝一个不朽的文化符号，也成为现代人"买买买"的加速器。有多少人在花钱的时候不吟诵一下他的名句"天生我材必有用，千金散尽还复来"？有了这个咒语，这钱花得是又痛快又心安理得！

分别说完了为白露站台的最有分量的两位唐朝诗人，更有意思的是这对大唐诗坛的"双子星"都在白露时节写过叫《初月》的诗。

李白的《初月》：

> 玉蟾离海上，白露湿花时。
>
> 云畔风生爪，沙头水浸眉。
>
> 乐哉弦管客，愁杀战征儿。
>
> 因绝西园赏，临风一咏诗。

杜甫的《初月》：

> 光细弦岂上，影斜轮未安。
>
> 微升古塞外，已隐暮云端。
>
> 河汉不改色，关山空自寒。
>
> 庭前有白露，暗满菊花团。

放在一起比对，用一句话来总结："李白非李白，杜甫是杜甫。"此话怎讲？李白的《初月》读来让我们感觉他并不是我们心目中那个"高而飘"的"诗仙"，对不对？没错，这时候的李白刚刚15岁，还没有离开老家青莲乡，还没有因生活蹭蹬而遇到那个给他三颗痣让他变成孙悟空转世的人，所以诗文平平。而杜甫写《初月》的时候正处于人生的第三个时期，那时候安史之乱已经爆发，家国动乱，民不聊生，所以老杜在这首诗里的风格是我们熟悉的"沉郁顿挫、忧国忧民"。初月本身就是阴晦的，所以露水无光映照也是黑暗的，凝结在菊花上不仅不美，反而增添了阴森之气。这不仅是对景物的写实，更是象征了黑暗的社会环境和老杜悲绝的心境。同是描写白露、菊花，心境不同、情感各异，不复见"红霞似绮河如带，白露团珠菊散金"的美丽，却变为"庭前有白露，暗满菊花团"的愁苦了。

另外，晚唐的温庭筠、韦庄、鱼玄机等都有和白露相关的诗作，在此就不一一列举了。

从时间上看，这些诗人属于初唐、盛唐、中唐、晚唐的各个时期；从空间上看，这些诗歌的创作地点在江南、边塞、中原各个区域；从情感上看，这些情感有悲凉凄苦、有快意欣喜、有孤独落寞……正因为有了他们的站台，白露才从二十四节气里脱颖而出，占据了诗意的首席。

秋荷一滴露，繁华如梦留不住

说白露是二十四节气中的诗意首席，我非常同意。《二十四节气歌》《数九歌》和《朝代歌》是"70后""80后"上小学时必背的顺口溜，甭管长多大、走多远，谁都能张嘴就来。这二十四节气是在公元前104年（西汉）定的型，由邓平等制定的《太初历》正式把二十四节气纳入历法，并明确了各节气的天文位置。二十四节气是按黄道（地球绕太阳公转的轨道）位置来划分的，黄道上的度量坐标叫黄经。当太阳直射在地球赤道上的时候，昼夜时间相等，北半球是春分，南半球是秋分，春分被定为黄经0度。自春分过后，逆时针每经过15度，就是一个节气，一圈360度共24个节气。大家可以把黄

道想象成一个又大又圆的比萨，把这个比萨平均切成24份，每一份就是一个节气。特别神奇的是，至今已经沿用了2000多年的历法竟和公历是一一对应的：上半年的节气一般在每月的6号、21号，下半年的节气一般在每月的8号、23号，前后相差不超过一两天。作为一个农业大国，咱老祖宗通过观察自然，敏锐地发现了时间运行的规律，通过顺应时间的变化规律，实现了懂四时之理、见天地之心、跟自然和谐共生的目标。所以节气不仅是指导农事生产的手册，更是咱中华文化天人合一思想的最好体现。

七月流火，金风起处，早晚凝露。看来金风玉露一相逢，不仅胜却人间无数，也是秋天来临最重要的标志。为什么一听见金呀玉呀的就到了秋天呢？这个得说说咱老祖宗的另一个发明——五行。五行是华夏文明的重要组成部分，古人认为，万物都由金、木、水、火、土五种元素构成，五行的相生相克形成大千世界的种种变化。五行相生是金生水、水生木、木生火、火生土、土生金，五行相克是金克木、木克土、土克水、水克火、火克金。听着是不是有点复杂，其实很好记，就是下图中的五角星和外面的圈圈之间的关系。

五行这个发明特别有意思，它能和很多东西呈现对应关系。比如跟人体：肝对木，肝火太旺会克制对应土的脾胃，所以肝火一旺就会吃不下东西，没听说过谁一生气先整俩肘子消消气的对吧，所以还得少生点气，才能吃嘛嘛香。

五行还能对应季节：木对春、火对夏、金对秋、水对冬。

对应方向：木对东、火对南、金对西、水对北、土对中央。对应颜色：木对青、火对红、金对白、水对黑、土对黄。所以金和白都是代指秋天，前面举的杜审言那首诗中的颜色，看到这里大家应该就明白了。

一场"甘露"引发的惨案

说得有点远，接着聊回白露。在古代，"露"还被附会为祥瑞之物。《初学记》引《瑞应图》说："露色浓为甘露，王者施德惠，则甘露降其草木。"说白了就是只有皇上圣明有德行，老天才会让甘露降临在国家的草木之上。中晚唐时期著名的血案"甘露之变"就是由这天降甘露引起的。那时候，宦官的权力越来越大，直接执掌内宫禁卫军，就连曾经削弱藩镇割据、被称为"中兴之主"的唐宪宗都被宦官所杀。后来宦官又杀死宪宗的孙子敬宗，立敬宗的弟弟李昂为帝，是为唐文宗。

文宗本身是一个好学勤政的皇帝，他想诛杀宦官的大计也算酝酿了许久，一方面是为给爷爷和哥哥报仇，另一方面是怕这些宦官哪天也把自己干掉，所以打算"先下手为强"，以除后患。文宗任用宰相李训、凤翔节度使郑注，密谋在大宦官王守澄的葬礼上由郑注出兵，把宦官一网打尽。但李训怕郑注立功后得到重用，因此决定提前发动攻势。他临时调集了一些左金吾卫士兵，并招募了一些私兵，想提前在大明宫内消灭宦官，然后除掉郑注，自己就可独揽大权。于是在公元835年十一月二十一日，"甘露之变"发生了，本是想除去宦官的行动，结果却变成了中国历史上惨绝人寰的"官员大屠杀"。

话说那天一早，左金吾卫大将军韩约就向文宗禀报：皇宫院内石榴树上天降甘露。祥瑞降临自然要庆贺，文宗一听，立刻要去瞅瞅，他让大宦官左、右神策军中尉仇士良和鱼弘志带领一批宦官跟随韩约先去查看，自己和宰相李训在含元殿等候消息。

仇士良来到左金吾卫院内，忽然发现这韩约大冷天里满头大汗，又不似病容，感到非常奇怪，于是问道："您没事吧，怎么大冷天出这么多汗？"此时此刻，韩约明显是由于心理素质差，紧张得直冒虚汗呀。您想当初荆轲刺秦王，要不是他的助手秦舞阳在关键时刻掉链子，脸色惨白从而引人怀疑，也不至于被禁止入内，没准刺杀就会一举成功，历史从此改写。可见人的心理素质太重要了！

闲话少叙，正当仇士良疑惑之际，恰巧一阵冷风吹过，布幔飘起，露出了伏兵们密密麻麻的脚……没错，比赛反应的时刻到了，仇士良立马明白这是个圈套，于是率领宦臣一丫子加俩丫子——撒（三）丫子就跑，守门的士兵还来不及关门，仇士良等就像一头头被激怒的野兽直奔文宗所在的含元殿：这会儿谁抢到皇帝，谁就能"挟天子以令诸侯"，掌握主动权，反转剧情啊。宰相李训本以为仇士良等宦官此时早已成了刀下之鬼，没想到竟逃出来了，赶紧让守卫含元殿的左金吾卫士兵护驾。双方展开搏斗，争夺软轿上的文宗，虽然有十几个宦官被杀，但宦官还是打倒了李训，抬着文宗进入了宣政门。

当宣政门被关上时，在含元殿的百官听到了宦官们山呼万岁的声音。攻守之势顿时逆转，百官四散奔走。宦官们从圈套中逃脱，现在又控制了文宗皇帝，他们此刻如闻到血腥味的鲨鱼，命令神策军开始了惨绝人寰的大屠杀。李训东拼西凑的杂牌军哪里是他们这些平时训练有素的刽子手的对手？私兵们瞬间被血刃。李训脱下朝服换上随从的绿色官服，骑马奔逃并一路大喊："我犯了什么罪要被贬逐？！"让别人以为他被贬黜，所以没人阻拦，得以逃出京城。

王涯、贾𫗧（音sù）等宰相没有参与谋划，在文宗进入宣政门后，并不知杀身之祸即将到来，又回到政事堂等候皇帝召见。忽然有人来报神策军逢人就杀，王涯等狼狈奔逃，仇士良下令关闭各个宫门逮捕"逆党"。当时宦官的办公地点被称为北司，官员的办公地点被称为南衙，南衙的官吏、士卒、杂役有一千多人被杀，尸体狼藉，各司的印信、档案、办公用具被摧毁一空。神策军在长安城搜查"逆党"，趁机大肆剽掠，抢夺富户的财物。王涯步行逃出不远就被神策军逮捕，直接被屈打成招，承认和李训一起谋反，企图拥立郑注为皇帝。

王涯全家被抓捕，包括正在他家做客的"茶仙"卢仝，卢仝解释自己只是一介布衣，士兵反驳道："布衣能随便到宰相府做客吗？！"真是秀才遇见兵——有理说不清。李训想进终南山的寺庙剃发藏身没有成功，又想逃到郑注那里去，途中被抓斩首。在这次事件中被抓的官员，自王涯以下，大都被灭族。仇士良当然不会放过另一个主谋郑注，设计将他也杀死。从此，宦官集团掌握了朝廷大权，宰相等朝臣沦为傀儡，"自是天下事皆决于北司，宰相行文书而已"。在朝臣几乎被肃清的局势下，文宗也时刻受宦官胁迫，诸事不能做主，几年后便郁郁而终。从此，宦官专权便如同唐王朝的附骨之疽，再难根除，唐朝不可避免地走向灭亡。

可见，传说中的"甘露祥瑞"是忽悠人的，并不靠谱。反观历史，"甘露之变"失败的原因在于文宗急于求成、用人不当，他任用的李训和郑注都是著名的势利小人，他们在得到重用后得意忘形，打击异己，虽然除去了几个宦官，但也清除了不少朝中大臣。另外，李训为了抢功，提前以"天降甘露"为名发动事变，准备得又不充分，最终酿成了这场惊天惨案。

当时在东都洛阳任职的白居易，在悲愤之余写下了一首《九年十一月二十一日感事而作》：

祸福茫茫不可期，大都早退似先知。

当君白首同归日，是我青山独往时。

顾索素琴应不暇，忆牵黄犬定难追。

麒麟作脯龙为醢，何似泥中曳尾龟。

他在诗中表达了愤懑之感、思友之情和归隐之意。其实，这也是"甘露之变"后大臣们的普遍态度，缄默免祸，远离政治旋涡。

和甘露有关的那些事儿

除了"甘露祥瑞"的说法，古人还认为饮用露水可以祛病延年。《红楼梦》里最著名的大蜜丸"冷香丸"就是取白牡丹花、白荷花、白芙蓉花、白梅花的花蕊各十二两研成粉末，并用同年雨水节令的雨、白露节令的露、霜降节令的霜、小雪节令的雪各十二钱加蜂蜜、白糖等调和制作而成的，香气持久，专解热毒。

凡是小时候在北京北海公园琼华岛上疯跑过的孩子，可能都对后山上一个高举盘子的铜人有深刻印象：蟠龙石柱上有一个衣袂飘飘的铜制鎏金仙人，手托承露盘。这铜人是清朝所建，说的却是汉代的故事。汉武帝刘彻在长安建造了柏梁台，中间筑有高二十丈、大七围的铜柱，上有仙人，掌托承露盘来接仙露，因为那时候的君王特别迷信，认为把露水跟玉屑调和在一起喝，可以成仙。如果换成现代，稍微懂点生物化学知识的人，您白给他也不会喝啊！这哪是仙药，这分明是比"一日丧命散"和"含笑半步癫"还毒的毒药啊！

后来柏梁台被天火焚毁（应该是避雷措施没做好吧），汉武帝又盖了更大的建章宫，复建了同样规模的承露盘。因发明地动仪被大家熟知的科学家张衡写过一篇《西京赋》，云："立修茎之仙掌，承云表之清露。屑琼蕊以朝飧，必性命之可度……"说的就是这事儿。汉武帝当然没有成仙，但相信这个长生不老偏方的人却不少。据《三国志》《汉晋春秋》等书记载，魏明帝曹叡，也就是曹操的孙子，想求得长生，决定把汉武帝刘彻在长安建造的青铜仙人搬到洛阳。据说在派人拆除承露盘时"盘折，声闻数十里"，铜人潸然泪下，顷刻间狂风大作，飞沙走石，台塌柱倒，压死了不少人……您看看，破坏文物遭报应了吧。可话说铜人眼中为什么会流泪呢？"诗鬼"李贺在《金铜仙人辞汉歌》中是这么认为的："空将汉月出宫门，忆君清泪如铅水。"当铜人离开居住多年的汉宫时，只有那朝夕相伴的明月相随，寒风射入铜人的眼中，铜人也因怀念故主（汉武帝）而流下泪水。此诗中还有一千古名句："衰兰送客咸阳道，天若有情天亦老。"这首诗借铜人离开故土落泪的传说，表达了对兴亡盛衰的感慨。功业如汉武帝又能如何，昔日繁华的长安三十六宫早已苔藓满布，铜人离乡，唯有明月寒风、衰草枯兰相送。美好的东西往往不能长久，曹操在《短歌行》里也说"譬如朝露，去日苦多"。古人见景生情，留下无数叹咏的同时，也为我们提供了广阔的冥想空间，让你我能在这个美好的时代抚今追昔、忆古思今，实在是幸甚至哉！

九月九日忆山东兄弟

王维

独在异乡为异客，每逢佳节倍思亲。

遥知兄弟登高处，遍插茱萸少一人。

月夜忆舍弟

杜甫

戍鼓断人行，秋边一雁声。

露从今夜白，月是故乡明。

有弟皆分散，无家问死生。

寄书长不达，况乃未休兵。

玉阶怨

李白

玉阶生白露，夜久侵罗袜。

却下水晶帘，玲珑望秋月。

饮中八仙歌

杜甫

李白斗酒诗百篇，长安市上酒家眠。

天子呼来不上船，自称臣是酒中仙。

金铜仙人辞汉歌

李贺

茂陵刘郎秋风客，夜闻马嘶晓无迹。

画栏桂树悬秋香，三十六宫土花碧。

魏官牵车指千里，东关酸风射眸子。

空将汉月出宫门，忆君清泪如铅水。

衰兰送客咸阳道，天若有情天亦老。

携盘独出月荒凉，渭城已远波声小。

扫码听诗
粤韵正音

10

唐女：

风流岂独是男儿

在豪迈风流的唐诗世界中，有一方娇艳柔媚的小天地。在那里，所有的男性诗人都不再发表指点江山的高谈阔论，也不再记录推杯换盏的迎来送往；在那里，没有驰骋沙场的壮怀激烈，也没有遭受贬谪的愤懑失意；在那里，所有雄性荷尔蒙付诸笔端都化作缱绻柔情。于是，一个个让人又怜又爱的女子如那亘古不变的"白月光"，袅袅地照在我们心上……

卢家少妇郁金堂，这些女人不寻常

白月光处，是杨贵妃"回眸一笑百媚生，六宫粉黛无颜色"的绝代芳华，是琵琶女"低眉信手续续弹，说尽心中无限事"的幽怨叹惋。

白月光处，是深宫佳人"天阶夜色凉如水，卧看牵牛织女星"的清冷寂寞，是采莲女"逢郎欲语低头笑，碧玉搔头落水中"的惊慌娇羞。

白月光处，是豆蔻女子"春风十里扬州路，卷上珠帘总不如"的娉娉婷婷，是贵族妇人"罗帷送上七香车，宝扇迎归九华帐"的奢侈华美。

白月光处，是船家女"君家何处住，妾住在横塘"的直白爽朗，也是思妇"忽见陌头杨柳色，悔教夫婿觅封侯"的想念渴盼。

…………

有人说这些诗中的"温柔乡"虽好，但她们都是男性诗人笔端塑造出来的"女神"，就像用美颜相机开了几层带妆滤镜拍照一样并不真实。可现实中，确有许多真实的奇女子，她们远比诗中的形象更绰约迷人，今儿咱们就聊聊唐朝的这些"半边天"。

"三圣之师"——昔有佳人公孙氏

大家都知道，唐朝有"三圣"——"诗圣"杜甫、"草圣"张旭、"画圣"吴道子，这三位男士分别在诗、书、画领域登峰造极，被人敬仰。但在一个女子面前，这三位大师都要纡尊降贵叫她一声"老师"，这位美女就是开元时期玄宗宫廷的第一舞人——公孙大娘。

说到"舞"和"大娘"，您可千万别认为她是一位唐朝的广场舞大妈，在这儿，"娘"是女子的意思，"大"是家中排行，说白了就是公孙家的大姑娘。

"剑器舞"源于西域，是女子穿上男子戎装所跳的一种健舞，跳起来应是恣意洒脱、矫健凌厉的，和杨贵妃"缓歌慢舞凝丝竹"的柔美舒缓大不相同。真正的剑器舞早已失传，目前我们看到的大多是武术和古典舞结合的复原产品，和当年公孙氏的剑器舞还有一定差别。无缘得见太过可惜，好在有"诗圣"杜甫的"唐朝现场"诗歌记录，他把儿时观看公孙大娘剑器舞的情景如实用诗写出，让我们在今日还能领略佳人风采：

"昔有佳人公孙氏，一舞剑器动四方。观者如山色沮丧，天地为之久低昂。爧如羿射九日落，矫如群帝骖龙翔。来如雷霆收震怒，罢如江海凝清光……"佳人本是娉婷袅娜，玉貌锦衣，可拿起宝剑舞将起来便英姿飒爽，身手矫健，你看那剑光犹如后羿射下九日，时而跳跃腾空仿若天上的神仙在驾龙飞腾！

艺术都是相通的，书法爱好者张旭在看过公孙大娘剑器舞后茅塞顿开，突然明白了该怎么运笔用劲儿，书法功力激增，由善草书的普通人修成一代"草圣"。您可以看看张旭的字，确实笔走龙蛇，自成风骨，那"放荡不羁爱自由"的劲儿可谓书法界的李白，看来受公孙大娘启发不小。

吴道子为一代"画圣"，他师从张旭，也曾观公孙氏的剑器舞而后顿悟运笔之道。吴道子作画最大的特点是玩转线条，每一根线都翻卷过渡自然，停顿曲折有度，集前代之大成而又有创新，后世把他的风格归纳为"吴带当风"四个字，成为他的金字招牌。您可以欣赏一下他的《八十七神仙卷》《送子天王图》，瞧瞧那些天王、神将、金童、玉女是不是"风吹仙袂飘飘举"，仿若正在排空驭气，腾云而来，大有越出画纸之态？

吴道子的看家本领还有壁画，想当年他在长安城赵景公寺的几面墙上大笔一挥，一夜之间画成人生巅峰之作——《地狱变相图》，他生动传神的笔法仿若把地狱搬到了人间，专门吓唬那些做坏事的恶人，有诗云"风云将逼人，鬼神如脱壁"，这幅画也成为栩栩如生的唐朝警示教育图。百姓看过此画后顿觉地狱恐怖异常，无不心惊胆战，于是坏人们纷纷改邪归正，好人们争相积德行善，一时间社会风气大好。可惜由于壁画非常不易保存，今日我们已经无缘领略"画圣"的最高水准了。

如果说张旭、吴道子从公孙大娘剑器舞中学到的是恰到好处、刚柔并济、游龙走凤的运笔之道，那么杜甫从公孙大娘身上看到的则是开元年间繁荣昌盛、多元融合、健康积极的时代精神，公孙大娘让诗、书、画"三圣"念念不忘，给她提供舞台的，不就是那个让我们无限神往，念兹在兹的盛唐吗？！

"白居易的初恋"——两心之外无人知

我常常想，在灿若星辰的唐朝女性中，有谁会在意那个叫湘灵的女子呢？她没有武则天、杨贵妃、太平公主、韦皇后等人生长在帝王之家的尊贵身份，也没有上官婉儿、薛涛、鱼玄机、杜秋娘的诗情才华，更没有倾国容颜和雄厚财富……可不知为何，我却非常喜欢这个质朴的普通女子。

湘灵被人所知，只因她有一个很有名的初恋——大诗人白居易。为了她，白居易一直和母亲抗衡到37岁，如此年龄还未成家，在当代都算大龄晚婚青年了，何况是在一千多年前的唐朝！

湘灵是白居易的邻家小妹，两人青梅竹马，却无家人许可、媒妁之言，便私订终身盼望白头偕老。奈何湘灵虽善良质朴，但毕竟是一个普通女子，白家世代官宦，白居易又在27岁时高中进士，"慈恩塔下题名处，十七人中最少年"。在异常重视门第和出身的唐代，他的母亲如何能容忍自己最优秀的儿子和一个普通女子成亲？虽然白居易多次苦苦哀求甚至有悖孝道冲撞母亲，所得到的结果依然只有一个——不同意！他为了信守对湘灵的承诺，只得以"不娶"来默默反抗。

其实在白居易的很多诗作中，我们都可以看到湘灵的身影，与她短暂分别时，白居易倾诉思念，"泪眼凌寒冻不流，每经高处即回头。遥知别后西楼上，应凭栏干独自愁"；他憧憬着和湘灵"愿作远方兽，步步比肩行。愿作深山木，枝枝连理生"；当终究抗争不过凡尘俗世，不得不经历人间"生离"之痛时，白居易吞声忍泪，"不得哭，潜别离。不得语，暗相思。两心之外无人知。深笼夜锁独栖鸟，利剑春断连理枝"。

唐宪宗元和元年（公元806年），白居易时任盩厔县县尉，这一时期他为和湘灵厮守，与母亲的抗争正值白热化，一日他和友人同游马嵬驿附近的仙游寺，有感于玄宗和杨贵妃的故事，友人说"乐天深于诗"而又"多于情"，不妨"试为歌之"，白居易也不推辞，几杯美酒下肚后一气呵成千古名诗《长恨歌》。历史原本怎样解读李、杨的关系已经不得而知，但在《长恨歌》后，他们之间只留下了感天动地的爱情佳话。"六军不发无奈何，宛转蛾眉马前死"，白居易没有这样安排李、杨二人的最终结局，因为他和湘灵已是有情人不得终成眷属，怎忍心让李、杨二人也如此？！于是他让"临邛道士鸿都客"为玄宗"升天入地求之遍"地去寻找杨玉环，最终在海上仙山处寻得佳人，而后便有了"但教心似金钿坚，天上人间会相见"这样让人充满期待的结局……

玄宗失去杨贵妃再次回到长安宫中夜不能寐"鸳鸯瓦冷霜华重，翡翠衾寒谁与共"，像极了白居易因思念湘灵而从她的视角写的《寒闺夜》，"夜半衾裯冷，孤眠懒未能"；李、杨二人七夕夜在长生殿内的海誓山盟"在天愿作比翼鸟，在地愿为连理枝"，更像极了白居易写给湘灵的《长相思》憧憬的美好结局，"愿作远方兽，步步比肩行。愿作深山木，枝枝连理生"。

如此深情款款而又求之不得让人抱憾叹惋的句子，只有经历过真正的爱情而又不得长相厮守的人才能写出，因此再看"天长地久有时尽，此恨绵绵无绝期"，像不像白居易在借李、杨二人之口倾诉自己和湘灵今生无缘的遗憾呢？

现实中，作完一首《长恨歌》后，白居易和母亲之间的抗衡也有了最终结果，他妥协了。因为传统儒家社会尤重孝道，父亲过世后，白居易怎敢违背孝道反抗萱堂，于是在写成《长恨歌》后没过几年，他以37岁的"高龄"初婚迎娶了官宦人家的女子。

他食言、他薄情、他负心，他没有信守那个非湘灵不娶并且和她厮守白头的誓言，但他却把最纯的爱、最痴的等待和最好的年华都交付与她，焉能说他无情？！

白驹过隙，时移世易，转眼到了元和十年（公元815年），白居易因深陷政治泥潭而被贬为江州司马，仓皇出京后，便是一路穷山恶水的舟车辗转，情绪自是一落千丈：自己坚守的正义何在？百姓的苦楚谁怜？刚正不阿的他原来早已触怒了一众权贵，成为他们的"眼中钉、肉中刺"，愤懑冤屈之余，未想到老天居然在此时安排了他和湘灵人生的最后一次相聚……

四目相对间，他们再也不是当年在家乡牵手同游、花前月下的小儿女：一个是被皇帝厌恶、被同僚倾轧陷入人生低谷的寂寥逐臣，一个是年老色衰、江湖飘零、始终未嫁的落魄女子。久别再聚，只剩心如刀割的痛楚和对人生的唏嘘哀叹了：一切，再也回不到从前！

最终，湘灵含泪起身拜别白居易，生逢乱世，身为官宦大丈夫都难免身似浮萍四处漂泊，更何况她一个居无定所的布衣女子！？勉强养活她的，只有手中的琵琶和似如当年的歌喉吧。这次别离，他们今生再无相见……

众所周知，白居易到了江州，一次在浔阳江头夜送友人，偶遇一位来自京城的琵琶女，得知女子的身世后，顿生"同是天涯沦落人，相逢何必曾相识"之感，挥泪写成自己的另一代表作——《琵琶行》。不知在面对愁容惨淡的琵琶女时，他心中可曾浮现出湘灵那让人怜爱的模样，同样怀抱琵琶，眼前人尚且有"重利轻别离"的丈夫可依靠，而至今未嫁的湘灵在这茫茫天地间，又能依靠何人？！

"童子解吟长恨曲，胡儿能唱琵琶篇"，《长恨歌》《琵琶行》在白居易的诗作中，是不可超越的两座高峰，就像在整个诗坛中，李白、杜甫永远是肩扛日月般的存在。因为太过喜欢，我把它们都背了下来，每每吟诵，更觉字字珠玑，通篇风情，于是便更加艳羡、钦佩白居易的文采了。在得知白居易和湘灵的故事后，我才恍然大悟，能让他写出这"双璧"的不仅仅是文采，更是他内心深处对湘灵的爱啊！《长恨歌》是年轻时对爱情充满理想的执着，纵使生不能成双成对，死后还能

"但教心似金钿坚，天上人间会相见"；《琵琶行》是人到中年面对现实莫可奈何的哀叹，"座中泣下谁最多，江州司马青衫湿"，既然什么都不能给你，就陪你痛快地哭一场吧……

湘灵，一个乡野女子，虽未有缘与白居易共结连理，却含情凝睇入诗，用一生的痴缠等待，真正成就了"诗王"的"深于诗、多于情"……

大唐"第一"女诗人——管领春风总不如

如果说湘灵被打上了"白居易初恋"的标签，属于"男人背后的女人"，下面的这位女子却绝对不依附于任何男人存在，她不仅凭借出众的才华在异彩纷呈的中唐诗坛分得几许秋色，更凭借独特的个人魅力，赢得了军政界男人的赏识称道，堪称唐朝版的"无价之姐"。她就是唐朝"第一"女诗人——薛涛。

薛涛出生于长安城的官宦人家，幼时父亲亲授诗文，她天资聪颖，自小就展露了过人才华。谁料天有不测风云，她父亲因刚正不阿触怒了朝中权贵，被贬至蜀地，而后出使南诏不幸染疾身亡，年仅16岁的薛涛便不得不加入乐籍，成为一名歌伎。

在莺莺燕燕的风月场中，姿容秀丽、精通音律的女子大有人在，但由于唐朝女性受教育的机会不多，因此薛涛凭借满腹诗才和一手好字脱颖而出，她仿佛一股甘甜的清泉、一抹柔美的月光，让人倾倒、沉醉，受到了白居易、张籍、刘禹锡等一众男性诗人的追捧。"才华"就像美丽的衣裳，最终决定其品质的，不是卖弄技巧的堆砌辞藻，而是创作者的思想、气度、风骨、精神。如果你读过薛涛的诗，便能够明白这位唐朝姐姐能够弄潮搏浪的资本在于她虽身在风月场，却心忧家国、关注黎民、有大丈夫之风！

薛涛年少时便随被贬谪的父亲离开长安，此后一生始终生活在蜀地（今四川）。唐朝时蜀地是战略要地，唐太宗时设剑南节度使，担任此官职的人是当之无愧的"西南王"。中唐政治变幻莫测，薛涛自来蜀地，历经韦皋至李德裕十一任节度使，首先发现薛涛并让她名声大噪的人是韦皋。

那时薛涛正值碧玉之年，在一次酒宴中为助兴致，韦皋让她即席赋诗。试想在缓缓丝竹、轻歌曼舞间，一位娉婷少女笔端流出的，应是旖旎轻柔的闺阁情态吧，待落笔诗成，韦皋定睛一看，诗曰《谒巫山庙》："乱猿啼处访高唐，路入烟霞草木香。山色未能忘宋玉，水声犹似哭襄王。朝朝暮暮阳台下，为雨为云楚国亡。惆怅庙前无限柳，春来空斗画眉长。"韦皋暗中惊诧："这风月场中的小女子竟懂得家国兴衰，颇有丈夫之风！"于是便对薛涛青睐有加。随着接触的增多，韦皋愈加赏识薛涛，让她参与了许多政事，薛涛无一不处理得井井有条。韦皋惜才，竟然上奏皇帝唐德宗（也有人说是武元衡上奏），请他授予薛涛"秘书省校书郎"这一官衔，为自己撰写公文、典校藏书。无奈薛涛毕竟为女儿身，唐朝惯例中还从未出现过女性"校书郎"，因此韦皋的愿望并未达成，但自此薛涛却成了大家心目中当之无愧的

"女校书"。王建曾赠诗薛涛，直云："万里桥边女校书，枇杷花里闭门居。扫眉才子于今少，管领春风总不如。"

文采风流，受人追捧，惯见风月，也有真情，薛涛确实是爱过的。那个让她动了真心的人，就是诗人元稹，他以监察御史的身份出使蜀地，不禁与薛涛共坠爱河，但是不久后元稹就被调离蜀地，不得不与薛涛分开。短暂的甜蜜后是炽烈的渴盼、煎熬的等待，而后是淡然的释怀，元稹终究没有再回来，薛涛自此褪下红衫，着一袭灰色道袍归隐浣花溪，那里，曾有庇护杜甫一家几年安宁的草堂……

太和五年（公元831年），薛涛已过耳顺之年，时任剑南节度使的李德裕在成都西郊建了一座雄伟壮丽的筹边楼，落成之际，他请各方雅士登临赋诗。薛涛极目远望，深知这筹边楼不仅是一座供人览胜游玩的风景之地，更是一座筹谋边事的军事建筑。此时大唐早已江河日下，吐蕃日益强大，屡犯边境，唐军抵御本是正义之举，但许多兵将却贪恋财物，打着保家卫国的旗号掠夺吐蕃的马匹，导致边境烽火不息，百姓苦不堪言。薛涛思忖间立即提笔，诗云："平临云鸟八窗秋，壮压西川四十州。诸将莫贪羌族马，最高层处见边头。"此时，离她当年为韦皋助兴写《谒巫山庙》已经过去了40多年。

如果说当年的兴衰之叹只是文人墨客的笔间常态，那么如今的《筹边楼》就是薛涛对戍边将士提出的严重警告了。历经岁月变迁，一介荆钗布裙的眼界、头脑更胜沙场男儿，我想，这就是薛涛超越才华的人格魅力，也是她受到诸多男性尊重和追捧的真正原因吧!

写完《筹边楼》的第二年,这位传奇女子便溘然长逝了。后人为薛涛写过一副对联:"古井冷斜阳,问几树枇杷,何处是校书门巷?大江横曲槛,占一楼烟月,要平分工部草堂。"能把薛涛和杜甫相提并论,可见大家对这位女诗人的认可、尊重,这个大唐"第一"女诗人,也绝对名副其实!

环珮空归夜月魂,千载谁识帝女心

每个女孩从小都有一个"公主梦",在西方瑰丽的童话故事中,公主们不仅样貌楚楚动人,还都心地善良、温柔可亲,她们总穿着明艳美丽的衣服,住在富丽堂皇的城堡中,最后,还会和英俊的王子相遇,一起过上幸福的生活。那么在中国古代女性地位最高的唐朝,公主们的生活真的像童话般优哉游哉吗?

很可惜,错综复杂的现实并不是五彩斑斓的童话,巍巍大唐289载,记载于史书的200余位帝女们,她们虽都有一个共同的名字——唐朝公主,但却过着千差万别的人生。下面,且让我们驻足在这娇艳多姿的"唐朝花园",欣赏几位与众不同的帝女花。

平阳公主——战鼓遥疑天上闻

公元581年，杨坚建立了隋朝，并于589年灭掉南陈，一统天下，结束了东晋偏安江南后近300年的南北对峙局面。他励精图治，在政治、经济上推行一系列改革，通过近20年的治理，使凋敝的民生得以恢复，出现了短暂的繁荣局面，史称"开皇之治"。

但是到了大业十三年（公元617年），隋朝的繁华盛景仿若昙花一现，风光不再了。由于隋朝第二代掌舵人杨广刚愎自用、残暴妄为，不恤民力开凿大运河、穷兵黩武三征高句丽，百姓早已不堪重负，沸腾的民怨让各地"义军"纷纷揭竿而起，不断反抗朝廷的暴政。可这零零散散的起义就像一记记打在病人身上的拳头，虽然给他孱弱的身体带来了痛苦、伤害，但却始终没有化作那致命的一击，此刻的历史还在等待，等待那个对大隋王朝一剑封喉的人。

月夜，大兴城。

这个日后将承载无限风流富贵并且更名为长安的城市现在还是隋朝的都城，月光幽映在街巷上，似乎和以前的无数次一样，并无二致，但此时此刻大兴城回应这月光的，却是一股衰颓、腐朽之气……

一座雅致大气的府邸内花木葱茏、修竹成林、竹影摇窗，一位美丽的贵妇人正怀着莫可名状的心情和夫君临窗对坐。那位男子显然已悄然改装，似乎要趁着这朦胧的月色出城远行，可他的眉头却一直紧锁，大有迟疑之色。

月光如银，夫妻二人都面沉似水。

那男子环顾四周确定无人，忽然低声对妇人耳语道："爹爹举义之事就在旦夕间，可你兄弟建成、元吉等人都在河东（今山西省永济市）老家，他身边没有得力干将，我想前去助他一臂之力。爹爹现在还是隋朝的太原留守，虽然手握军政大权，但他身边遍布杨广安插的暗探，不可打草惊蛇，影响举义大计。大兴城内也必然有人监视你我，一起出走肯定多有不便，而且恐怕会耽误时日。可若留你在此虎狼之地，一旦事发，消息传来，你定会大祸临头，我又实在于心不忍……"

话到此时，只见那妇人深蹙了一下蛾眉，随即银牙一咬，露出果敢之色。她仿佛早已成竹在胸，低声催促夫君："你只管快走，一切以爹爹举兵之事为大，我一个妇道人家容易躲藏……"

太原的夜色与大兴城截然不同，月光所照之处，隐隐涌动着一股躁动之气，仿佛一只猛兽嗅到了兽笼即将被打开的气息，正在全身蓄力只待纵身一跃。

那个叫李渊的老者没有丝毫倦意，驻守在太原这一隋朝抵御东突厥的北方屏障，李渊一直在默默观望，等待出手的最佳时机，就像已经蛰伏良久的剑客，时刻找寻着对方的破绽，力求一击必杀。纵观天下，各地反隋起义风起云涌，已成黑云压城之势，可隋炀帝杨广却离开了险要的中原两京之地驾幸江都，沉迷在江南的富贵温柔乡里。对于李渊来说，这无疑是个天大的好机会。况且不久前他以抵御外敌入侵为名招募了万人的军队，已经引起了杨广安插在他身边的眼线郡丞王威、武牙郎将高君雅的怀疑，他必须当机立断除掉二人。可见，举兵反隋已如箭在弦上，不得不发！

但此时李渊还在焦灼地等待，等待着远在河东的家人来太原与自己会合，一旦家人平安到达，他就能心无挂碍地宝剑出锋，直指大隋心脏！

在焦急的等待中，他终于等到了自己的两个儿子李建成、李元吉，也等来了令他心碎欲绝的消息：由于起义之事被泄露，他最爱的小儿子，年仅十四岁的李智云已被隋朝官差逮捕杀害！当他看到只身前来的女婿柴绍时，心中的阴云便又增一层：他的爱女和很多家人还留在大兴城内，那里既是自己起兵攻取的最终目标，也是敌人的大本营，女儿的处境简直危如累卵！

月夜中在大兴城辞别丈夫的那个妇人就是李渊的三女儿平阳公主，其实她并不叫平阳，当然此刻也还不是公主，史书给男人的世界太过宽广，对女人却吝啬到很难留下名字。在丈夫柴绍走后，她并没有寻找隐蔽的躲藏之地安身，而是立刻女扮男装，前往鄠（音hù）县（今陕西省户县）的李氏庄园，变卖当地的产业招兵买马，很快就组建了一支几百人的队伍。当李渊太原起兵的消息传来时，她和堂叔李神通等人火速起兵响应，一股凌云壮志正在她的心中升腾："为父亲招募更多兵力，等待大军，直扫大兴城！"

"万人操弓，共射一招，招无不中"，拥有过人军事才能的平阳公主深知，只有团结更多反隋的义军才能让攻取大兴城的力量更强大。她得知鄠屋县附近的西域商人何潘仁率领三万部众在打家劫舍，于是派家奴马三宝前去游说。何潘仁知道以李渊的号召力必定能做出一番事业，当他听说李渊反隋的大军即将入关时，便带领所有部众入平阳公主麾下。平阳公主一举攻克鄠县，接着又成功地收编了附近的农民军首领李仲文、丘师利等人的队伍，进一步增强自己的实力。

面对前来征剿的隋朝军队，她坐镇指挥，屡战屡胜，还转守为攻，一举夺取了鄠屋、武功、始平等地盘，此时的平阳公主，已经拥有了一支多达七万人的队伍。而且她军纪严明，禁止士兵劫掠百姓财物，所到之地无不受人拥戴，大家都亲切地称她的部队为"娘子军"。

花开两朵，各表一枝。再说李渊，他先以勾结突厥人为名斩杀了王威、高君雅；然后又积极地搞定了周边的外交关系，通过向东突厥称臣并向他们购买战马来稳住这个最大的后顾之忧；接着，李渊派长子李建成、次子李世民统兵，打着吊民伐罪、废除昏君杨广、立杨广的孙子杨侑为帝的旗号，起兵直指大兴城。

"百足之虫，死而不僵"，想要推翻一个王朝谈何容易，强大的隋朝正规军和无数险要的关隘成为李渊通往胜利道路上的重重阻碍。当他攻克西河郡，在灵石县附近的贾胡堡安营（属今山西省），准备攻取隋朝虎牙郎将宋老生据守的霍邑（今山西省霍州市）时，发生了一次危机：霍邑兵精粮足，迟迟无法攻破，李渊的粮草却耗用殆尽又未得到及时补充，此时，天公又偏偏不作美，一场场绵延恼人的阴雨逐渐撼动着将士们的心……

无奈之下，李渊决定听从大多数人的建议，返回大本营晋城，其先行部队已经开始返程。在这一存亡绝续之际，有个人突然站了出来，在李渊的帐外放声痛哭。李渊急忙询问原因，那人悲愤异常，说道："我们出兵，代表的是天下正义，当下形势虽然前进攻取不一定能获得胜利，可退兵回去就一定会失去人心。人心散尽在前，敌人攻击在后，死亡立等可待，叫我怎能不悲伤？！"真是一语点醒梦中人，李渊听后，立即决定取消退兵并全力攻城。这位力挽狂澜之人，就是李渊的二儿子李世民，日后他将会创造出另一番丰功伟绩，史册给予他的浓墨重彩远远超越他的父亲！

随后，李世民追回了返程的部队，老天爷似乎也认为他们通过了考验，奇迹般地雨过天晴。李渊趁机发起攻击，李世民阵斩宋老生，攻克霍邑，随后又兵分两路，一路军马围困住驻守河东郡的隋朝名将屈突通，另一路军马直扑大兴城。兵贵神速，此时的义军无疑是在和时间赛跑，成败与否，就看能否迅速攻下大兴城了！

当李渊率领大军渡过黄河时，对前途的忐忑和对大兴城内家人的思念犹如滔滔的黄河水奔腾而至，让他坐立难安。此时，只见一骑快马飞驰而至，使者呈上的正是平阳公主的书信，读罢书信，李渊欣喜若狂，他的女儿平阳公主不仅安然无恙，还组建了一支数万人的强劲军队，并且在关中占领了一大片地盘，有了这支军队的接应，大兴城便被团团围困，李渊克城，如若探囊取物！他立刻命令柴绍率几百名骑兵前往南山（秦岭）迎接平阳公主，柴绍按捺不住激动的心情，一马当先冲在最前面。当这对夫妻再度重逢时，柴绍心中，既有与爱妻久别重逢的喜悦，更是充满了对平阳公主巾帼不让须眉的由衷钦佩。

接下来，李渊一路势如破竹，他在"娘子军"等义军的引导下，一举攻克大兴城，先是立杨广的孙子杨侑为傀儡皇帝，而后又于大业十四年（公元618年）废掉杨侑，自己登基。

至此，隋朝这艘腐溃之舟，终于被彻底掀翻并永远沉入历史的深海，天地间，一艘名为"唐"的巨轮正在扬帆起航……

世事难料，几年以后，平阳公主染疾去世，已经成为唐朝第一任皇帝的李渊为她举行了配备鼓吹等仪式的盛大葬礼。此时，礼仪官却站出来提出质疑："自古以来，没有哪个女人下葬用鼓吹仪式的。"李渊听罢，义正词严地说道："当年我举义兵反隋时，平阳公主敲着战鼓，带着几万军马前来支持，自古以来哪个女子曾有如此壮举？如今这葬礼的鼓声不是为女子，而是为将军敲响的呀！"于是在慷慨激昂的鼓声中，这位曾经统领千军万马、立下赫赫战功的"铿锵玫瑰"安然入土。平阳公主死后谥号为"昭"，代表明德有功之义，纵观唐史，她是第一个死后被赐予谥号的公主。

胜者为王败者寇，然而无论成败，有些男人都不愿看到那些闺阁女子成为让政治风起云涌的弄潮儿。平阳公主不会知道，在她去世后的第二年（公元624年），有位改写历史的女子诞生了，这名女子因拥有过人的政治才能将掌握大唐最高皇权达数十年之久，并在67岁时成为中国历史上唯一的女皇帝，她就是一代女皇武则天。可若论军事才能，平阳公主却远远超过那位女帝，放眼整个唐朝，甚至整个中国古代，再无一位佳人能出其右！但史书给予这位果敢公主的笔墨，真是少得可怜！年年岁岁，岁岁年年，只有因她曾驻兵而得名的咽喉要道"娘子关"的几许春花秋草，还在讲述她的故事……

安乐公主——成由勤俭破由奢

垂拱元年（公元685年）二月，长安通向均州（属今湖北省）的路上尘埃萧索，冰冷刺骨的寒风中有几个人正在慌慌张张地赶路，为首的那个男子总是时不时地向后张望，仿佛担心有人追来似的。突然，他们都停了下来，围到那男子的家眷乘坐的马车旁，男子此时紧张地来回踱着步子，眉目间满是担忧但又难掩一丝期待……

不久，马车内传来一阵婴儿的啼哭声，在空旷的四野中，这个早产婴儿的啼哭声显得那么微弱无力。由于行走匆忙，他们没做任何准备来迎接这个小生命的提前到来，情急之下，那男子连忙脱下袍子把她裹起来紧紧地搂入怀中，从此，这个小姑娘就有了一个小名——"裹儿"。

当在襁褓中的裹儿第一次睁开眼注视这个世界的时候，

看到的是爹爹在瑟瑟寒风中迷茫而又无助的泪眼。她哪里知道，自己的爹爹不是缺衣少食的农夫，也不是掂梢折本的商人，早在几个月前，他还是这大唐江山至高无上的主人！只因在祖父高宗李治去世后，她的祖母武则天已经不满足于垂帘听政，太渴望登上那个象征着至高无上的皇权的宝座了，于是就把刚刚即位仅一个多月的父亲贬为庐陵王。害怕被祖母追杀，父亲带着怀有身孕的母亲韦氏急匆匆地出了长安城，一路颠沛流离，未曾想母亲动了胎气，裹儿就在这无比困窘之下匆匆来到人间。

在父亲被贬后，祖母立即拥立裹儿的叔父李旦登基，几年后皇位就被叔父"禅让"给了祖母，国号也由"唐"改为"周"。武则天终于实现了自己昼思夜想的帝王梦，建立了武周王朝，并大肆屠杀李唐皇族。为稳固皇权，她毅然决然地将自己的另一个儿子——原废太子李贤赐死。李贤死前作诗《黄台瓜辞》，云："种瓜黄台下，瓜熟子离离。一摘使瓜好，再摘令瓜稀。三摘尚自可，摘绝抱蔓归。"希望自己的鲜血能够换来母亲的醒悟，可此时"权"令智昏的武则天早就丧失了母怜子的人性本能，她哪里在乎自己将来是否会成为一根无瓜的枯藤？当下，每一个有资格角逐权力的瓜都将被她亲手摘除！

在裹儿的童年生活中，除了房州艰难困苦的生活条件外，久久萦绕家中的是父亲寝食难安的惊恐，只要有朝廷使节到来，父亲就以为是祖母派人来追杀他的，有几次甚至惶恐地想要自杀。还好母亲韦氏时刻陪伴他、安抚他，阻止他胡思乱想。膝下裹儿纯净甜美的笑容成为他心头深深依恋的温暖阳光，是他抗衡寒冰、阴霾的力量。

不得不说，裹儿的出生、成长是一次皇家的归零，什么荣华富贵仿佛都与她无缘，她对生活的希冀甚至远远不如一个普通的乡野女子，此时她最大的愿望只是"能够平平安安地活下去"。

公元705年，张柬之等五位大臣发动"神龙政变"，逼迫缠绵病榻的武则天退位，重新拥立李显登上了皇帝宝座。

裹儿的命运也因此发生了判若云泥的变化，她来到了繁华富庶的长安城，住进了金碧辉煌的宫殿，吃的是玉盘珍馐，穿的是锦衣玉服。此时的裹儿已经20岁了，出落得容姿秀丽、倾国倾城，史书记载她"光艳动天下"！每次看着镜子中自己精致美丽的脸，她都在心中暗暗发誓：她再也不要活在贫苦、惊恐之中，她要享受这世间极致的荣华富贵，她要及时行乐，痛饮狂歌！从此她摇身一变，成了骄横奢靡的"安乐公主"。

可在爹爹李显眼中，她还是那个生长在流离苦难中的裹儿，李显永远也忘不了她呱呱坠地之时，迎接她的只是自己的一袭旧袍，自有唐以来，哪个公主能比她可怜呢？于是李显对裹儿开始了弥补性的毫无节制的溺爱！当年她连一件像样的襁褓都没有，现在李显让人采山中珍奇百鸟之羽为她织成"百鸟裙"，此裙颜色鲜艳无比，在不同光线下呈现出不同色彩，直叫人眼花缭乱，"日中影中，各为一色，百鸟之状"。而后，很多贵族女子纷纷效仿，甚至直接导致了一些鸟类从此灭绝。而安乐公主所住之地，不仅建筑全都模仿皇宫宫殿，精巧程度还更胜一筹，国库甚至都为此一空。如果您对唐诗有兴趣，不妨搜搜"安乐公主"这四个字，一定会出现很多与"安乐公主新宅""安乐公主山庄"相关的诗句，这些诗的作者，不是当朝高官，就是文坛盟主，所用的辞藻虽不能脱离应制诗的美颜效应，但传达出的安乐公主住所的奢华精美也绝对不是空穴来风。有一句"车如流水马如龙"我们现在还在用，用以形容车马众多，景象繁华，它的出处就是被后世称为"燕许大手笔"的文坛巨匠苏颋的诗作《夜宴安乐公主新宅》，诗云："车如流水马如龙，仙史高台十二重。天上初移衡汉匹，可怜歌舞夜相从。"

物质欲望的无限满足让安乐公主更加恃宠而骄，索要无度。一日她居然向李显提出把长安城第一大人工湖昆明池赏给她作为私家湖泊的要求。可昆明池自西汉武帝开凿以来，从没有赏赐给私人的先例，李显哪敢开这个先河，便拒绝了。谁知安乐公主一气之下居然命人开凿定昆池，其池水绵延数里远超昆明池，还令当时的司农卿赵履温亲自为她的住所装潢，垒砌石头模仿华山，石阶石桥纵横交错，溪水九曲回旋，穷尽华美豪奢之能事。

欲望是一只膨胀的气球，只会越来越大！此时的安乐公主已经不满足于物质需求，开始把双手伸向至高无上的"权力"！她嫁给了武三思的儿子武崇训，成为李、武两大势力的联合体，"侯王柄臣多出其门"；她把写好的诏书放在李显面前，然后蒙住他的眼睛，娇滴滴地叫声"爹爹"，让他连内容都不清楚就乖乖地签了字，视国家大事如同儿戏；她开置府署，大肆卖官鬻爵，求官者只要能拿出钱财，就能避开正规渠道的考察，直接得到皇帝亲笔墨敕任命的官位。由于这种敕书是斜封着交付中书省的，且和平时皇帝的黄纸朱批不同，所以人们鄙夷地称因此获官的官员为"斜封官"。更为甚者，祖母武则天的成功激起了她觊觎至高皇权的野心，因同父异母被立为太子的弟弟李重俊不是嫡出，她便称他为奴，并经常凌辱他，还再三请求李显废黜太子，封自己为"皇太女"，希望将来可以继承大统，成为像祖母一样的女皇帝！

终于，李重俊不堪其辱，联合羽林军将领李多祚、李思冲和成王李千里等于公元707年发动"景龙政变"，他们冲进安乐公主的府邸，恰逢那天她进宫探望李显和韦氏没在家中，李重俊便诛杀了她的公公和丈夫武三思、武崇训父子。但由于李重俊只凭一时血气之勇，并无后续计划，最终政变失败，自己被杀。

逃过一劫的安乐公主并没有偃旗息鼓，而是联合母亲韦氏在争夺皇权的路上越走越远，此时她只有一个愿望——"当皇太女"，不管现在是谁做皇帝，她只要成为下一个女皇！然而在无比动荡的政局之中，觊觎皇权的野心家又岂止她一个？！公元710年，中宗李显暴亡，各派势力剑拔弩张，已到了水火不容的境地。时任临淄王的李隆基联合姑姑太平公主发动了"唐隆政变"，诛杀了皇后韦氏在禁军中任命的将领，夺取了兵权，并率领士兵杀奔皇宫。当士兵冲进宫中时，大难临头的安乐公主居然连像样的防御措施都没有准备。是的，她不是一个合格的野心家，当皇太女、成为女皇帝不过是她痴心妄想罢了。她以为这事和以前一样，只要凭借自己的权势和财富就可以唾手而得，可政治的成功哪能是毫无准备的天方夜谭。多年来，安乐公主仿佛是一个不停索要的孩子，在实现政治愿望的路上，她几乎从未付出过什么像样的努力，父母无度的溺爱是她建立起奢靡人生的基石，一旦失去庇护，她的世界便轰然崩塌。

此时，安乐公主深知大势已去，便再一次坐到了妆奁台前，她看着镜中自己随着岁月增加愈发美艳的面容，轻捻黛粉，慢慢画起眉来，她在和自己诀别：生时窘迫匆匆而来，也算轰轰烈烈地闹了一场，愿死，不负自己绝世之姿……

"何须琥珀方为枕，岂得真珠始是车"，在世仅仅25年，从幼时落魄不幸的裹儿变成年长得势骄奢的安乐公主，她的贪欲疯狂增长，最终导致浮沤破灭，落得国乱身死的下场！灌溉这枝"恶之花"的，不仅是帝王家的纷乱无情，更是欲壑难填的人性！

宁国公主——遣妾一身安社稷

咸阳磁门驿站，日落时分，在血色夕阳中，一位衣着隆重华贵的美丽女子正在与父亲诀别，她的眼中满是幽怨无奈，轻声说道："国家为重，这一去虽死不恨！"说完，泪水便忍不住夺眶而出。那父亲原本一副威仪庄严之色，此时也涕泪俱下无法发声，只得目送女儿在夕阳中越走越远，直到超出目力所及，在天地间化作几个黑点，不一会儿便夜色四合了……

此时正是乾元元年（公元758年），诀别女儿的男子是大唐的主宰者——唐肃宗李亨。安史之乱像一把插在唐朝胸口上的刀子，不仅让黎民百姓流离失所、惨遭杀戮，更给他们这个帝王之家带来了前所未有的奇耻大辱！当长安、洛阳两京失陷后，他的父亲——"四十年太平天子"玄宗李隆基便仓皇逃往蜀中避难，凄风苦雨中，李隆基不得不承认自己已经是个风烛残年的老人了。李亨那时还是太子，收拾山河的重担自然而然地落在了他的肩上，他咬紧牙关只有一个执念："不管用什么方法，都要收复失地，不能让江山落入番邦贼寇之手！"于是他和玄宗分道扬镳，在灵武即位自立为天子，尊父亲为太上皇。在完全没有任何讨价还价余地的窘境中，李亨借助强悍的回纥骑兵之力终于夺回两京，所付出的代价呢？除了"城池和男人归大唐，女子和财物任回纥掠夺"的屈辱外，还有把自己的亲生女儿宁国公主嫁给回纥可汗的不甘！

和亲，本是帝王家常用的手段。可惜那群纤弱的皇家女子，虽自小生活在皇宫内院锦衣玉食，却不得不远离故土到环境迥异的番邦生活，将自己的生死、荣辱系于异族之手，赤裸裸地成为男人们交易的筹码。男人们以此来换取他们想要得到的东西：边界的稳定、短暂的和平、得力的外援、称雄的野心！

遥想当年唐朝初建之时，太宗李世民为和周边民族加强关系，也曾采用了和亲政策。尤其是在和吐蕃赞普松赞干布的和亲过程中，先是经过战争的对抗，对吐蕃略微施以颜色，综合考虑了多方因素之后，才决定下嫁文成公主，不仅换取了几十年的和平，还大大增强了两族人民的文化交流，一时传为佳话。但文成公主却并不是太宗的亲生女儿，作为九五之尊的皇帝怎么舍得把亲生的公主远嫁异族，去承受那风沙扑面、大漠孤烟呢？武则天就曾经因为不舍得女儿太平公主去和亲，而让太平公主假装出家做了女道士。这些和亲的公主们往往都是唐朝宗室的女儿，属于皇帝的亲戚。一来她们和皇帝沾亲，可以满足周边民族和亲的政治诉求；二来她们毕竟不是皇帝亲生的，可以免去一家人骨肉分离的痛苦。

唐朝也有强硬到无须和亲的时候！就在宁国公主和亲的三十几年前，宁国公主的爷爷玄宗李隆基打算封禅泰山。因担心突厥趁机作乱，于是便在宰相张说的建议下，决定加强两国关系，说服突厥派人随行，一起到泰山封禅，把他们放到眼皮底下盯住。当使者到达突厥后，突厥君王便执意索取公主："吐蕃、奚、契丹这种国家都能娶到公主，我一直请求和大唐和亲却没被允许！我也知道大唐嫁过来的公主都是假的，但我要的是两国联姻的结果，哪里管嫁过来的公主是真是假！"使者将此事禀报给玄宗，争取两国可以和亲成功，突厥这才转怒为喜，派人参加了李隆基的封禅大典。封禅大典结束后，李隆基对突厥重重酬谢，但最终却没有下嫁公主，可见辉煌时代的大唐完全不必采取和亲的方式来讨好突厥。

时移世易，如今的唐朝已失去了贞观的蒸蒸日上和开元的富足鼎盛，它被安史之乱这支利箭射中的胸膛，血还在流。俗话说"弱国无外交"，宁国公主在这种境遇下便成了唐朝第一个和亲的真公主！

回纥毗伽阙可汗的牙帐外卫士林立，他们个个体型彪悍，勇猛异常。眼见公主虽至，但可汗却仍然大刺刺地坐在帐中的榻上并不起身迎接。前来送亲的李瑀是肃宗的堂弟，他义正词严地说："唐天子因为可汗有功，所以把女儿嫁过来，以往我国和外族通婚，全找宗室女来代替，都是名义上的公主。现在天子把有才貌的真女儿不远万里嫁给可汗，你就是天子的女婿，怎么能在榻上这么无礼地接受诏命呢？！"听到此话，可汗这才起身接受诏命。第二天，宁国公主就被册封为可敦（夫人），开始了她去国离乡在苦寒之地的生活……

谁料第二年，毗伽阙可汗突然去世，回纥众人执意让宁国公主殉葬。宁国公主又惊又怒誓死不从，她奋力抗争道："我嫁到回纥来，回纥就是大唐的女婿，当然要守大唐的规矩。我朝丈夫去世妻子只需守丧三年即可，我要依照大唐的规矩！"最终说服回纥让其按大唐法令为毗伽阙可汗守丧三年，但却不得不同时屈从回纥习俗——"劈面"，就是拿刀在脸上一刀刀地划破面容，同时放声大哭。本是金玉之躯，又得花容月貌，可身在异国他乡，举目无亲，堂堂公主也只能用这种方法保全自己的性命！

斗换星移间，又是几朝几代。到唐宪宗李纯时，为安抚北狄，有大臣再次提出使用和亲这种手段。李纯不由得想起中唐戎昱曾作的《咏史》诗："汉家青史上，计拙是和亲。社稷依明主，安危托妇人。岂能将玉貌，便拟静胡尘。地下千年骨，谁为辅佐臣"。因为鄙夷和亲这种牺牲女性幸福的手段，于是宪宗拒绝了大臣的建议，此后唐朝的公主们才得以免去一难！

据史书记载，有唐以来，共有十几位和亲公主"出嫁辞乡国""公主漫无归"，这些纤纤弱质为了国家利益，牺牲的岂止是个人幸福？！同是唐人的李山甫也曾愤慨地呼喊，"谁陈帝子和蕃策，我是男儿为国羞""遣妾一身安社稷，不知何处用将军"。近代的鲁迅先生更是一针见血地指出，"古人曾以女人作苟安的城堡，美其名以自欺曰'和亲'"。而在这种牺牲的背后，大义凛然主动站出来的又有几人？她们，不过是被一众男性硬推着，被动地站在前面，以青春、爱情、年华抵挡住了异族的刀枪剑戟罢了！

悠悠289载，作为历史上最辉煌的王朝，大唐，经历了无数煊赫时光，汉文化在这里作了一次充满野性的出走，发生了太多奇妙而又不循规蹈矩的事。古代女性在这里也被打上了漂亮的高光，无论是皇家园林的"帝女花"们，还是遍布山川田园的"花花草草"，她们或叱咤风云、或孤独落寞、或哀怨委婉、或豪情万丈的身姿已被时间永远定格，摇摇曳曳地散发着无穷无尽的魅力……

七 夕

杜牧

银烛秋光冷画屏，轻罗小扇扑流萤。

天街夜色凉如水，坐看牵牛织女星。

赠 别

杜牧

娉娉袅袅十三余，豆蔻梢头二月初。

春风十里扬州路，卷上珠帘总不如。

采 莲 曲

白居易

菱叶萦波荷飐风，荷花深处小船通。

逢郎欲语低头笑，碧玉搔头落水中。

长干行

崔颢

君家何处住，妾住在横塘。

停船暂借问，或恐是同乡。

寄蜀中薛涛校书

王建

万里桥边女校书，枇杷花里闭门居。

扫眉才子于今少，管领春风总不如。

扫码听诗
粤韵正音

11

唐味：

总在举杯喝酒的唐朝诗人吃什么

当我还是一个懵懂少女的时候，无意间读到王建的《新嫁娘词》："三日入厨下，洗手作羹汤。未谙姑食性，先遣小姑尝。"于是我特别天真地问道："妈，等我将来长大结婚了，是不是也得和诗里的新嫁娘一样，给公公、婆婆、小姑子做饭，伺候他们全家老小？"妈妈为了把我培养成一个"德智体美劳"全面发展的好学生，就非常肯定地对我说："是！"可谁愿意像旧社会的儿媳妇一样，整天锅碗瓢盆地围着灶台转，柴米油盐酱醋茶地伺候全家老小吃喝，还得小心翼翼地看公婆脸色行事呢？于是这首诗给我留下了心理阴影，同时也让我暗暗发誓：第一，将来结婚一定要找独生子；第二，老公必须会做饭；第三，和婆婆要真心相待，和平共处，不欺负她也不能被她欺负。

玉盘珍羞直万钱，全民以食贵为天

20多岁的时候和姐妹聊杜甫的《石壕吏》，她问我有何感想，我先是背诵其中的名句："老妪力虽衰，请从吏夜归。急应河阳役，犹得备晨炊。"然后眼中含泪，仰天长叹道："会做饭太……重要了！会做饭就能让丈夫、儿媳妇不被官兵抓走，以一己之身拯救全家老小于水火之中。你看我，不会做饭，就不能备晨炊，换作是我估计就得问几位军爷部队里是否缺保洁阿姨了，可那时候谁要保洁阿姨啊？所以丈夫和儿媳妇就得遭殃了！"

闲话少叙，言归正传。我认为在唐诗领域里有两大主题不能碰，一是"月"，二是"酒"，因为写得好的诗多，而后世品评的人、诗更多。在古往今来各位前辈大咖面前，我着实才疏学浅不敢妄加品评，唯恐贻笑大方。可每每读完"劝君更尽一杯酒，西出阳关无故人""晚来天欲雪，能饮一杯无？""葡萄美酒夜光杯，欲饮琵琶马上催"时，我总心生好奇："他们就这样干喝吗？就不就点什么菜？"这些喝到天荒地老的唐朝人吃什么？

千家万户五谷事

说到吃，我首先想到的就是粮食。关于粮食，我脱口而出的是《三字经》中的："稻粱菽，麦黍稷。此六谷，人所食。"虽然"五谷""六谷"到底包括哪些东西这个问题至今没有一个特别统一的答案，但唐朝人民永远是地球人类不可分割的一部分，也得一日三餐靠粮食活着。

如果给唐朝贴上几个标签，那么"开元盛世"必在其中，可惜一切繁华盛景都是过眼云烟，最终的结局都是繁华落幕、红粉成灰。于是我们总是从杜甫的《忆昔》中遥望当年："忆昔开元全盛日，小邑犹藏万家室。稻米流脂粟米白，公私仓廪俱丰实。……"据史料记载，天宝八载（公元749年），唐朝的大型粮仓储粮总数为12656620石（1石=79.32千克）。"诗圣"所言果然并非夸大其词，而在国库中，稻米、粟米也占据着主要地位。

杜甫一生坎坷艰辛，屡屡食不果腹，饥饿难当。在一个年丰时稔的金秋时节，他却无米下锅，欲向侄儿杜佐讨要，可又碍于身份和面子，于是就写了一首诗委婉地提醒杜佐："该寄米了，我想吃粟米饭，馋得口水直流！"诗是这样写的："白露黄粱熟，分张素有期。已应春得细，颇觉寄来迟。味岂同金菊，香宜配绿葵。老人他日爱，正想滑流匙。"由于出生在社会主义新时代，从没尝过"忍饥挨饿"的滋味，因此读到这首诗时我大为惊叹，怎么普普通通的"小米饭"却被杜甫写得这么香甜可口呢？它们被春得异常细腻，味比金菊，如若配上新鲜的绿葵菜简直是至上的人间美味。这看似轻松俏皮的诗句背后，是诗人为"五斗米折腰"的"斯文扫地"，更是国家凋敝、个人困窘落魄的真实体现，让人读来，有说不尽的辛酸……

说到杜甫，就必须谈及李白，这两位大唐诗坛的"双子星"一个低头向地，一个抬头看天。有人说李白胸中充斥青云之志而少尝民间疾苦，其实并不尽然。有一次他投宿到五松山一个姓荀的老妈妈家，田家生活本身就缺衣少食异常艰辛，可善良的荀妈妈却拿出雕胡饭来招待他，让"诗仙"大人不禁谢了又谢。诗云："……田家秋作苦，邻女夜春寒。跪进雕胡饭，月光明素盘。……"曾经"雕胡饭"三个字不禁惊艳了我，因为李白的诗风向来高而飘，"金樽、玉盘、珍羞"等在他笔下如同家常便饭，我本以为这"雕胡饭"也是李诗仙使用夸张的修辞手法命名的普通米饭，后来才发现自己大错特错，在唐朝，雕胡饭是真实存在的！

说起雕胡的另一个名字，我们并不陌生，雕胡其实就是茭白，古文中多称作"菰"，它的果实是一种米——菰米，是古代"六谷"之一，距今已有3000多年的历史，原先叫作"凋菰"，传着传着就变成了"雕胡"。后来这种植物生了一场大病——被细菌寄生导致畸形，它作为粮食的价值便渐渐失去，宋代后期就退出了历史舞台，人们再也吃不上雕胡饭了。可神奇的造物主关上一扇门的同时，又为它推开了一扇窗：受细菌侵蚀的菰的茎部不断膨大，逐渐形成了纺锤形的肉质茎，转身一变成为现在餐桌上的常客——鲜脆可口的茭白！李太白的许多诗句虽流传千古可谓巧夺天工，可在大自然变菰米为茭白的鬼斧神工的面前，终究还是要逊色几分！

"诗仙"再高傲，笔下的"六谷"也充满了人间的烟火气；同为"六谷"，在"诗佛"王维笔下，就能超凡脱俗不似世间凡物。辋川是王维的洞天福地，辋川的灵山秀水使得王维升华超越，不仅在此修炼成为大名鼎鼎的"诗佛"，更为水墨山水画开宗立派成为"鼻祖"。

"积雨空林烟火迟，蒸藜炊黍饷东菑。……山中习静观朝槿，松下清斋折露葵。……"在王维笔下，雨后的辋川炊烟袅袅，农妇们做好了黄米饭和野菜给村东头劳作的人们送去，这本是最普通的农家日常，但在王维笔下丝毫没有粗茶淡饭的粗陋乏味和种田劳作的辛苦劳累，反而充满了桃花源般的美好恬淡，而诗人本身隐居山中，静观木槿花的朝开暮落，在松下的书斋中享用带着露水的鲜美葵菜，身虽在尘网中，心却早已超然物外，连口中之食也显得清绝而不可方物。

以上说来，稻、黄粱、菰、黍似乎都是"米"家族的成员，这时您肯定会问："唐朝人不吃面食吗？"当然吃，而且种类也非常丰富，比如从西域传入的胡饼、在胡饼上撒一层芝麻的胡麻饼、唐朝"肉夹馍"——"古楼子"、唐朝馒头——蒸饼、唐朝面条——汤饼、唐朝凉面——槐叶冷淘等，不胜枚举。

烹羊宰牛且为乐

说完了唐朝人的主食，再聊聊他们的肉菜。晚唐王驾在

《社日》中写："鹅湖山下稻粱肥，豚栅鸡栖半掩扉。桑柘影斜春社散，家家扶得醉人归。"好一幅太平安乐的"农家逍遥图"，真不敢相信王驾身处晚唐，诗中却不见丝毫战乱、烟火等末世景象，让人误以为处于开元或者天宝年间。在江西的鹅湖山下，在春天社日祭祀完土地公公后，百姓们自是喝酒庆祝一番，而后乘兴醉酒归家。"稻粱肥""豚栅鸡栖""桑柘影斜"无一不体现出农家生活的富足，这当然是"家家扶得醉人归"的大前提。"豚"就是猪，"豚栅鸡栖"就是他们豢养的家畜家禽猪归圈，鸡回巢。李白在大名鼎鼎的《将进酒》中说："烹羊宰牛且为乐，会须一饮三百杯。"以上已经有了猪、鸡、羊、牛。我们比对一下《三字经》所说的"马牛羊、鸡犬豕"六畜，可见除了马、犬，其余四种家畜（禽）唐朝人都吃，唐朝的食肉种类和我们今天区别不大。

另外，有人说唐朝人不吃鲤鱼，因为"鲤"和"李"同音。在李唐王朝的统治下，吃鲤鱼是会掉脑袋的，我原本信以为真，但仔细一想却觉得可疑，王维在《洛阳女儿行》中写："良人玉勒乘骢马，侍女金盘脍鲤鱼。""脍"的意思是把鱼或者肉切成薄片，这位洛阳女儿的侍女显然是做好了精美的鲤鱼还放在黄金盘子里等待她享用，可见东都洛阳的富贵人家是吃鲤鱼的。白居易作诗通俗易懂，他在被贬江州前去赴任的路上曾写"船头有行灶，炊稻烹红鲤"，也是唐人吃鲤鱼的又一力证。而且从"唐人日记"唐诗中看，唐人不仅吃鲤鱼，许多鱼类都是他们餐桌上的美味佳肴："西塞山前白鹭飞，桃花流水鳜鱼肥""犹有鲈鱼莼菜兴，来春或拟往江东"。韩愈更是生猛，有诗云"与子共饱鲸鱼脍"，别怕，此鲸鱼非彼鲸鱼，只是海鱼的一种而已。

鱼怎么吃？如果您以为唐朝人很老土，只会熬、炒、咕嘟炖，那你就大错特错了，唐朝人民很前卫，很多时候是生吃鱼的！杜甫的诗号称"诗史"，这种生吃鱼的行为被他原汁原味地记录在他的诗中："……饔人受鱼鲛人手，洗鱼磨刀鱼眼红。无声细下飞碎雪，有骨已剁觜春葱。……落砧何曾白纸湿，放箸未觉金盘空。……"饔（音yōng）人即厨师，拿来新鲜的鱼(鱼眼越红代表鱼越新鲜)，刀法很快，不逊色于解牛的庖丁，鱼肉白嫩仿佛雪花薄片，把鱼骨去掉后，入嘴的鱼肉更是鲜美。厨师在切鱼的时候并不先把鱼洗了，而是在砧板上放置一张白纸防滑，把鱼肉切完白纸都不曾被沾湿，等大家吃饱了放下筷子时才发现盘子里早已空空如也。由此料想，中国的古人才应该是吃生鱼片的老祖宗。

不知道唐朝有没有芥末，唐朝人用什么掩盖鱼腥味呢？这点，王昌龄告诉了我们："青鱼雪落鲙橙齑。"橙齑（音jī）是一种特殊的调料，是把橙子捣烂成泥或者加上姜蒜等其他调料制成的，橙子清甜爽口，配以鱼鲜可以去腥提味，让人食欲大增。

百般滋味话饭局

唐朝人好宴饮，酒能喝到地老天荒，更多时候他们喝的不是酒，而是寂寞；同样，对于三餐，他们品的不是饭菜，而是心情。

孟浩然有一首诗将聚会的喜悦流传了千年："故人具鸡黍，邀我至田家。绿树村边合，青山郭外斜。开轩面场圃，把酒话桑麻。待到重阳日，还来就菊花。"饭菜很简单，但是相聚在风景秀美的小山村，临窗而坐，聊的是农家事，轻松愉快没有困扰。这顿饭孟老夫子吃得很高兴，还和朋友约好了重阳再次赏菊而聚。每每读到这首诗，我都想追问："后来，孟老夫子和朋友有没有如约重聚呢？"想必是没有，因为人生总是充满遗憾的，更遗憾的是他的死也和"饭局"有关：开元二十八年（公元740年），王昌龄遭贬官，途经襄阳看望孟浩然，老友相见自是要把酒言欢，不醉不归，可此时孟夫子的背上长了毒疮，医生嘱咐他千万不能吃河鲜也不能喝酒，可"风流天下闻"的孟夫子是性情中人，此刻早把医嘱忘到了九霄云外，于是"浪情宴谑，食鲜疾动"而死，享年51岁。

重聚纵然是喜悦的，但在离乱的时代里，短暂重聚后也许会面对永久的分离，这是让人痛彻心扉的。安史之乱后几年，杜甫在贬官路上和自己少时的伙伴卫八重聚，人到中年遇旧友，少不了对沧海桑田感慨万千，说说旧日共识的朋友，聊聊自己当前的状况，时光倏忽而过，岁月雕刻了彼此的容颜。"夜雨剪春韭，新炊间黄粱。主称会面难，一举累十觞。十觞亦不醉，感子故意长。明日隔山岳，世事两茫茫。"在凋敝的时代背景和人生的逆旅中，朴素的农家饭充满了友情的温暖，只可惜酒醉饭饱后，天明又将启程，在茫茫世事中，焉知是否还有重聚的一天？！于是，今晚就痛饮一杯一杯复一杯吧！

传说"诗圣"的死也与吃有关，杜甫老年贫病交加，饥寒交迫，居无定所，过得异常艰辛。大历五年(公元770年)，他出蜀地沿水路前往郴州投奔亲戚，途经耒阳时遭遇大水，被困江上5天没吃饭，耒阳县令得知后后，立刻施救并送来牛肉、白酒等物，"诗圣"当即一顿暴食狂饮，而后便被酒肉夺去了性命，史称"饫死耒阳"。有人说他是吃多了撑死的，也有人说是牛肉不干净食物中毒死的，更有人说他早就得了糖尿病，过度饱食引起了酮症酸中毒或心脑血管病急性发作死的……众说纷纭，不知孰真孰假，但一代"诗圣"竟然如此殒命，着实让人感慨唏嘘，心酸不已……

食不果腹、饥饿难当是痛苦的，难道有珍馐美味就能了却烦忧吗？李白说："非也非也！"有一个饭局让"诗仙"很不爽，虽然"金樽清酒斗十千，玉盘珍羞直万钱"，好吃好喝的就在眼前，但李白还是"停杯投箸不能食，拔剑四顾心茫然"。吃不下也喝不下，放下杯子、扔掉筷子生闷气，这是为什么呢？原来在长安一夜后，李白本以为自己脱口而出的《清平调词三首》让自己已经无限接近了玄宗，可以实现他兼济天下的理想，可谁知玄宗需要的只是一个会写诗的弄臣，李白又清高又自我，不久便被"赐金放还"。可想连最高统治者都下了逐客令，想要入朝为官基本是不可能的了，所以酒菜还怎么能引起他的食欲呢？这顿饭吃得真是怎一个"愁"字了得！

逸闻趣事说调料

有滋有味的饭菜少不了调料的辅助，否则也不能色味俱佳，在唐代，葱、姜、花椒、胡椒、醋等都已经出现在了餐桌上。听"胡椒"的名字就知道它不是中原之物，唐代有很多来自外邦的"胡食"，胡椒的老家远在东南亚。而"物以稀为贵"是放之四海皆准的硬道理，所以胡椒在唐朝分外珍贵，堪比黄金，普通人家根本吃不上，因此胡椒就和贪污腐败挂上了钩。抄"唐朝第一贪官"宰相元载家的时候，不仅抄出金银财宝、绫罗绸缎无数，更可怕的是居然抄出了八百石胡椒，按照现在的算法，大约为64吨。唐代宗李豫得知后勃然大怒，他贵为天下之主都没有那么多胡椒，元载的结局可想而知：全家坐罪赐死。

还有一味调料是爱情中男女的必备，那就是"醋"，吃醋的典故也诞生在唐朝。话说唐太宗李世民曾经赐给宰相房玄龄两名貌美如花的姬妾，在唐朝，纳妾本是合情合法之事，更何况是皇帝御赐，可房玄龄非常惧内，不敢将两名美女带回家中。太宗皇帝知道后，便把房夫人请入宫中，对她说："现在你面前有两条路，要么就让房玄龄将我赏赐的美女纳为妾，要么就喝下眼前这杯'毒酒'！"没想到这房夫人真是悍妇圈里的女中豪杰，只见她毫无惧色地端起"毒酒"一饮而尽，充分表明了自己的态度：在纳妾问题上，一不给皇帝面子，二宁死不从！太宗见她如此决绝，也就将为房玄龄纳妾一事作罢。

而所谓的"毒酒"其实只是一杯醋而已，这也就是"吃醋"的由来。

读诗越多，越坚持一个观点：在唐诗的世界里，"月、酒"不能碰。说了那么多吃的，你们是否好奇，喝到天荒地老的唐朝人除了酒以外，还喝什么呢？

洗尽古今人不倦，一杯香茶传千年

刚才大家已经了解了不少的唐朝美食，感受了"夜雨剪春韭""故人具鸡黍"的真情，领略了雕胡变身茭白的神奇，品尝了在打捞河鲜现场加工的生鱼片的鲜美 ……渴了没？下面让我给大家做点喝的吧：把主料放在火上炙烤得发红，然后碾碎放入瓷罐，先加水，再加葱、姜、枣、橘子皮、茱萸、薄荷等，在火上煮到开，随着水沸把飘上来的浮沫撇出去，然后继续煮。多次沸腾之后，这份五味饮品就新鲜出炉了。怎么，您说这么奇葩不敢下口？诸君大可放心，它真的不是什么暗黑料理，而是一杯来自唐朝初期的"茶"。

茶并不起源于唐朝，而要追溯到更久远的上古时期。据说咱们那位遍尝百草的老祖宗神农氏有一次吃了一种药草然后中毒了，生命岌岌可危，这时他突然发现身边有几片从未见过的"树叶"，闻上去清香缕缕，便赶紧采摘放到嘴里嚼着吃了，

顿觉神清气爽，诸毒豁然而解。就这样，神农氏发现了茶，只不过那时候它的名字写作——"荼"。

而后历经沧海桑田，岁月变迁，茶由药用走上了百姓的餐桌。只不过那时候，它还和柴、米、油、盐、酱、醋并称，只是供人充饥解渴的俗物而已，毫无雅趣文化可言。

南北朝时期，南朝的汉人大都煮茶喝，茶的形态有点像现在的粥。而北朝的少数民族粗犷豪迈，饮品以奶制品为主。南朝梁的王肃投奔北魏后，曾对孝文帝说茶只不过是奶酪的奴才罢了，一句话里包含多少被迫去国离乡的隐痛，茶因此也有了一个不好听的名字——"酪奴"。

当时间的指针指向唐朝，因为受到北朝至隋的风俗影响，茶在北方仍然流传不广，它或深藏于高官显贵的府邸，或存在于佛门寺庙，制作方法是简单粗暴地加入大量调料反复煮开，味道也是令人不敢恭维。

所以也不难解开在"初唐四杰""沈宋""李杜""王孟"的诗中，"茶"的出场次数寥寥无几之谜。同时也印证了茶并没有让士大夫阶层或文人群体另眼相待，其地位和同属饮品家族的当红巨星"酒"相比还是判若云泥，不可同日而语。

记得《大话西游》里观音大士对至尊宝说："你没有变成真正的孙悟空转世，只是因为你还没有碰上那个给你三颗痣的人。"在我看来，对茶而言，这三颗痣就是天时、地利、人和。所以当唐朝结束了隋末混乱的群雄割据，从血与火的宫廷倾轧走向励精图治，经历了太宗的贞观之治、女帝武则天的苦心经营，终于迎来了玄宗文化昌明、国富民安的"开元盛世"，那个改变"茶"的历史地位、拉开"茶"的繁华盛景序幕的人终于降生了……

盛世之中的弃童

开元二十一年（公元733年）初冬的一个日暮，竟陵（今湖北省天门市）龙盖寺的智积禅师路过一座小石桥时发现：在"落木寒萧飕"的水边，一群大雁正用翅膀翼护着一个小婴儿，他此刻正在衰草中酣睡，智积禅师心想这孩子有群雁呵护，必定不是凡人，又见他衣衫单薄，不由心生怜悯，便立即脱下僧袍把他抱起，带回寺院抚养。

智积禅师占卜得到了"渐"卦，因此给这个孩子取名陆羽，字鸿渐。他深信此子与佛有缘，只要恪守清规戒律，苦心修炼，日后必能成为得道高僧。

光阴荏苒，小陆羽日渐长大，寺院的修行虽然单调清苦，但他却发现了一件非常有意思的事：当香客进庙礼佛抑或云游居士来此，寺庙庆祝佛教节日抑或召开重大法会时，师父们必定以茶待客；而他们在做晚课之前往往又累又困，也都会饮上几杯茶止渴提神，小陆羽渐渐被这种神奇的饮品吸引住了。

唐朝寺庙众多且经济实力雄厚，很多读书人为了考取功名往往选择在此读书学习，一方面寺庙的藏经阁里有很多市面上买不到的藏书，另一方面读书人有时囊中羞涩，在寺庙读书，乐得个白吃白住。所以，小陆羽除了耳濡目染佛经梵音外，还听到了正统儒家学子琅琅的读书声，这读书声似乎更吸引他……

智积禅师发现了陆羽的变化，为了避免小陆羽"移性"，就罚他做苦工：扫地、洁厕、抹墙、修房、放牛……但小陆羽似乎并不受此影响，仍旧好学不倦：在竟陵西湖边放牛时没有纸笔，他就用竹枝在牛背上写写画画；从学子那得到一份张衡的《南都赋》，不认识里面的字，也模仿人家摇头晃脑地朗读，展卷念念有词。智积禅师见爱徒此番举动，心忧不已，唯恐他耽误佛法修行，因此把他关在寺中，还规定每日必须背诵佛教经文，背不好就要受罚。可小陆羽却执拗地认为不能学习其他知识，在青灯佛卷中度过时光是一种浪费，因此经常木然而立、眼中含泪。于是在13岁时，他终于不能忍受师父的严苛，从龙盖寺里逃了出来。

小陆羽误打误撞地进入了"伶党"（小剧团）之中。由于在寺院中学会了读书写字，他在短时间内为伶人们写下了几千字的戏文《谑谈》，被大家所看重。于是，14岁的陆羽凭借自己的才华成为小剧团的"伶正之师"，他编的戏文，上到达官贵人，下到黎民百姓都十分爱看。

不久，智积禅师心念爱徒到此寻他，他以为小陆羽心性尚浅，只是一时被凡尘俗世所吸引，可没想到陆羽在心中早已决定走学习儒家正统的道路，不愿再回寺院清修。

佛云：缘本无缘，即缘随缘。"缘"之一字，不可强求。智积禅师见爱徒如此坚定，于是准许小陆羽遵从自己的志向，学习各种典籍，不必再回寺中。此番出寺，并不是陆羽佛缘的终了，智积禅师所料不错，陆羽一生，虽然未在伽蓝净土，但他始终秉承一颗佛心，以茫茫天地为炉，修行于尘世，因此智积禅师的"放"不仅是一种成全，更是一番度化！

宝剑经由百炼成

公元746年，唐朝的宗室河南尹李齐物因得罪了权臣李林甫，被贬到竟陵做太守。李齐物在朝中向来以公正廉明著称，他精通文墨，才华横溢，看了陆羽编的戏文后，非常欣赏他的才华，于是就把他召进府中，亲自教授诗文。而后，又遣他跟随隐居在天门山的名儒邹老夫子深修。几年时间里，陆羽从一个少年成长为精通儒家典籍、名重一方的著名文士。

天宝十一年（公元752年），崔国辅因为朝廷斗争被贬谪为竟陵司马。相比李齐物，此人更不一般，他不仅是一名才华横溢的诗人，和李白、孟浩然交好，更对杜甫有知遇之恩。初到竟陵的他不久就和文采享誉竟陵、小自己46岁的陆羽惺惺相惜，成为忘年之交。两人还有一个共同的爱好——非常喜欢茶，相同的志趣爱好使他们常常在一起，"交谊至厚，谑笑永日，又与较定茶水之品"。在崔国辅为官竟陵的三年间，陆羽和他唱和诗文、品评茶水，一时传为佳话。崔国辅见陆羽不仅了解许多关于茶的历史掌故，更对茶的制作、器具、煮茶、品茶有一套自己的观点，对茶简直到了痴迷的程度，便真诚地指点他："若想把茶当成一门学问研究，绝不能纸上谈兵，需要身体力行，亲自去访茶采茶，体验其全过程。"于是他拿出自己珍藏的白驴、乌犎（音fēng，是一种背上凸起如驼峰的牛，虽然不知道是不是像《封神演义》里黄飞虎的五色神牛，但绝对算得上是神奇动物了）和文槐书套等几件宝物送给陆羽，鼓励他走遍天下。此时的陆羽也做好了准备：是该离开家乡到外面好好看看了。

采茶烟霞任独行

天宝十四年（公元755）年，安史之乱爆发，长达四十多年的太平盛世轰然崩塌、一去不返。长安城被攻破后，玄宗李隆基仓皇逃往蜀中避难，陆羽也随着奔逃的难民渡过长江，离开家乡竟陵来到江南。此后，他遍游今日湖北、江西、江苏、浙江等地，踏遍青山探访座座茶园，遨游江湖考察名泉胜迹，转眼间五年过去了……

陆羽深山采茶之景，被他在江南结识的好朋友皇甫兄弟记录在诗中。哥哥皇甫冉在《送陆鸿渐栖霞寺采茶》中写道："采茶非采菉，远远上层崖。布叶春风暖，盈筐白日斜。旧知山寺路，时宿野人家。借问王孙草，何时泛碗花。"陆羽采茶，不仅登高历险，还时宿山野，虽然辛苦异常，但他一想到采茶归来，便能和好友相聚畅谈，看茶叶在碗中袅袅娜娜宛如舞蹈，顿时疲劳全消。

　　弟弟皇甫曾在《送陆鸿渐山人采茶回》中写道："千峰待遗客，香茗复丛生。采摘知深处，烟霞羡独行。幽期山寺远，野饭石泉清。寂寂燃灯夜，相思一磬声。"这首诗写得深远悠长，余韵无穷。我们仿佛看到了在落日的烟霞中，陆羽翻越千峰只身寻茶的身影，听到了他寄宿的寺庙中悠扬的磬声……

　　正是由于广涉名山大川采茶品水，陆羽积累了深厚的茶业知识，他的茶技境界更上一层楼。此时他在心中更加笃定："不愿为世俗功名所累，唯愿著一部可以流传后世的茶书！"

　　我常常想："陆羽究竟是一个怎样的人？"作为正统儒家文人，谁不想匡扶社稷，"万里觅封侯"？狂傲如李白、恬淡如孟浩然，他们虽不曾真正入仕，但都有"但用东山谢安石，为君谈笑静胡沙""欲渡无舟楫，端居耻圣明"的热衷功名之心，更何况杜甫、王维、高适、岑参等，哪个不是在宦海中沉浮漂泊，却还心心念着"致君尧舜上，再使风俗淳"？陆羽从本质上便和他们不一样，他虽熟读儒家经典，但也许是因为自小在寺庙长大，真正对功名利禄、荣华富贵等身外之物异常淡薄，所以陆羽身上有一种纯粹，这种纯粹让他超然物外，自由不羁。就如他在《六羡歌》中所说："不羡黄金罍（音léi），不羡白玉杯。不羡朝入省，不羡暮入台。千羡万羡西江水，曾向竟陵城下来。"正因有了这般境界，他才能心无旁骛，一心向茶……

高山流水缁素情

公元760年，27岁的陆羽游历到湖州，在此结识了著名诗僧皎然禅师。皎然是南朝宋著名诗人谢灵运的十世孙，他的茶道、禅修、诗才在江南久负盛誉，也曾因久闻陆羽大名，特地去竟陵探访却缘悭一面。此番结识，在倾谈之间，两人情趣、好恶极为相投，可谓一见如故，喜不自胜。皎然让陆羽搬到杼山妙喜寺和自己同住，杼山高耸入云，风光胜绝，传说是夏后杼南巡的地方，妙喜寺始建于南朝梁时，皎然禅师为住持。妙喜寺的晨钟暮鼓、清净庄严使陆羽想起了自己童年寺庙生活的往事，对恩师智积禅师的思念让他对年长自己十几岁的皎然禅师倍感亲切。安居在妙喜寺中，让历经安史之乱颠沛流离的陆羽有了一个稳定的栖身之所，和皎然禅师朝夕相处，更让他有了心灵可依的灵魂庙宇。在这段时间里，他们共参禅理、同作诗文，在茶学研究上，皎然造诣颇为深厚，在皎然的陪伴指引下，陆羽的"茶功"开辟了一方新天地……

皎然在顾渚山有一片茶园，他让陆羽把它当成试验田。陆羽在其间种茶、采茶、制茶，积累了许多宝贵经验。顾渚山的紫笋茶经过他二人的培植品评，被评为"茶中第一"，更成为唐朝宫廷贡茶。唐代宗时期，皇家在顾渚山建造了第一座贡茶院，而后连续向皇室进贡茶叶八十余年，唐朝诗人张文规《湖州贡焙新茶》云："凤辇寻春半醉回，仙娥进水御帘开。牡丹花笑金钿动，传奏吴兴紫笋来。"生动地描绘了此茶进宫供人享用的情景。

皎然还写了诸多茶诗，在这些诗中，茶已经褪去了止饥解渴的实用主义外衣，成为仿若经过羽化修炼的仙家洞府的必备之物。皎然名作《饮茶歌诮崔石使君》云："*此物清高世莫知，世人饮酒多自欺。……孰知茶道全尔真，唯有丹丘得如此。*"在这首诗中，皎然最早提出了"茶道"的概念，成为名副其实的"茶道之祖"。皎然的"茶道"仿若一颗灵修的种子，他把佛家的禅修、道家的清静、儒家的中正倾注于茶中，自此，茶仿佛有了一缕生命之魂……

二人的深情厚谊在青山古刹中、茶树清泉旁日趋醇香。春夜月满中天之时，他们一起举头遥望，"*欲赏芳菲肯待辰，忘情人访有情人*"；秋日菊花烂漫之日，他们在寺庙中饮茶观赏，"*俗人多泛酒，谁解助茶香*"。在对茶道的"切磋琢磨"之中，陆羽越发觉得时人常用的煮茶方法对茶来说简直是暴殄天物，味道也只能让人弃之沟渠，而只有细致入微、合乎规矩的茶道才代表茶中真谛。于是他对茶叶的加工、水的选择、煮水的火候和饮用的器具都做了明确规定，而后大力推崇此种"茶艺"，从此茶的味道更加本真自然，变得"香"了起来……

公元761年，年仅29岁的陆羽完成了三卷《茶经》的初稿。在皎然的引导帮助下，他一步步地向"茶圣"接近了……

博览群书修《茶经》

大历七年（公元772年），颜真卿因性格刚正触怒朝中权贵被贬为湖州刺史，这位我们熟知的书法家不仅写字筋骨雄奇，自成一家；更是学富五车，有博古通今之才。他的祖上是南北朝著名文学家颜之推，其所著的《颜氏家训》直开我国"家训"先河，享有千秋盛名。到达湖州后，他勤于政务，为百姓做了不少好事，"德政洽于千里，邦人仰其忠烈"。在处理政务之余，他还喜欢拜访当地的文人名士，与其一起寻幽访胜、吟诗作对、互赏墨宝。作为一方官长，颜真卿很快就进入了湖州文人集团的核心，并凭借自身声誉、才华、影响等成为该集团当之无愧的盟主。这个文人集团也是群英荟萃，不仅有皎然、灵澈等佛门弟子，也有陆羽、张志和等隐士高人，还有陆士修、萧存等宿儒学者。

在湖州生活了一段时间后，颜真卿深觉这里人杰地灵，便决定对自己编纂的《韵海镜源》进行校勘定稿。《韵海镜源》还有一段来历，它是关于音韵文字的大型资料型书籍，收录了大量经史子集中的成句资料，宛如音韵之海，又按门类、字韵等编排，如镜子一样能够映射到来源，因此得名《韵海镜源》，相当于唐朝版的搜索引擎。早在天宝元年（公元742年），颜真卿就参照《说文》等古籍做好了编辑此书的准备，而后历经二十余年，在赴湖州就任之前他已经完成了五百卷书稿的校勘。此番重修，更是规模空前，编修班子也以湖州文人集团为核心，汇聚知名才子、隐逸高僧等五十余人，陆羽因在古汉字韵学方面有高深的造诣和渊博的知识，在其中承担了极其重要的编辑工作。

在古代，修书是一项浩繁庞大的工程，不仅需要集中大量饱学之士查阅大量典籍、去粗取精编纂修订，还要找写字漂亮的人誊抄，需要耗费大量财力、人力。颜刺史不仅是一方官长，更是文人雅士，在繁复枯燥的修书之余，他常常组织这些文人宴游、联唱，有时泛舟东溪玩水，有时邀月宴饮达旦，有时登山赏烟霞白云，有时怀古访碑文石刻……

可陆羽觉得似乎还缺了点什么，山川灵秀，蕴清风流云；林泉飞瀑，映修竹明月。若是能建一座茶亭，让众好友宴集于此，面对绝美风光，品评香茗，吟诗作对，岂不快哉？于是陆羽亲自设计，颜真卿出资建造，一座茶亭便诞生在杼山东南。

茶亭竣工之日，恰逢癸丑年癸卯月癸亥日（公元773年十月二十一日），颜真卿便把这亭子命名为"三癸亭"，并在亭额之上亲自挥毫题字，皎然也和诗一首（《奉和颜使君真卿与陆处士羽登妙喜寺三癸亭》），几十名文人聚集于此观赏庆贺、联句赋诗，其风头和当年东晋王羲之兰亭的修禊集会难分伯仲。陆羽的设计、颜真卿的字和皎然的诗被时人称为"三绝"。从此，天地间仿佛多了一个"倚石忘世情，援云得真意"的世外桃源，杼山一时"佐游群英萃"，形成了一个儒、释、道合流，诗、茶、禅合一的局面，千古佳话，流传至今……

聚集了许多文人才子心血的《韵海镜源》经过删削，最终定稿三百六十卷，堪称时代巨著。只可惜，到宋朝时大部分书卷便佚失了，让我们今日无缘得见。此次修书编纂，让陆羽掌握了大量的历史资料、了解了很多和茶相关的历史典故。公元775年，颜真卿为陆羽在湖州置办了住所"青塘别业"，从此陆羽不问世事，闭门修订三卷《茶经》。

公元780年，《茶经》经过五年的修订最终完稿，陆羽此时已经48岁，距当年完成《茶经》初稿已经过去了近二十年。有道是"千淘万漉虽辛苦，吹尽狂沙始到金"，《茶经》甫一问世，便被广为传抄，并影响了当时人们的饮茶习惯。从官苑到民间，茶从此成为流行之物，可以和酒平分秋色。陆羽的名声被唐德宗所知，德宗当即下诏拜其为"太子文学"，被他推辞，又改拜"太常寺太祝"，仍被他婉拒。从此陆羽"清溪深不测，隐处唯孤云"，踏遍青山寻访茶踪，泛舟五湖品鉴泉水，离开湖州四方云游……

生死相伴不负盟

"人生天地之间，若白驹之过隙，忽然而已。"转眼间二十多年又过去了，公元803年，皎然禅师溘然长逝，陆羽闻讯立即奔赴湖州。此时正值深秋，山间已遍布肃杀、寒冷之气，万木萧疏，山野颓败，皎然禅师的墓塔上也已落满黄叶。陆羽在墓前久久伫立，不禁潸然泪下：当年自己远行云游，皎然禅师折柳相送，约定归来后再一同品茶吟诗、参禅悟道，谁料再次相见，竟然阴阳两隔。妙喜寺中，三癸亭畔，何处再能寻得白衣佛子？！相遇相知四十余载，如若没有佛子殷勤指点相助，自己哪能了悟茶中真谛，又哪能著得三卷《茶经》而名满天下？！

他突然想起多年前的一个秋日，皎然禅师去"青塘别业"寻他，叩门多时无人应听，向邻居询问才知道自己去山中采茶，看着篱笆前还未绽放的菊花，皎然禅师依依不舍，只得怅然归去；他又想起自己旅居丹阳之时，一日傍晚，皎然禅师又来寻他，他又因出门采茶未回，禅师只得"独立云阳古驿边"等了又等，而后，禅师移步村口，翘首远望归帆，暮霭沉沉，烟波袅袅，他望眼欲穿，却始终没有等到自己……

此时陆羽早已泪流满面，他很悔恨，为什么自己让皎然禅师一次又一次地寻觅等待，一次又一次地惆怅而返？如果还有机会，他一定早早归来，和好友共话心事……

这一次，陆羽并没有再让皎然禅师等待太久，在皎然禅师辞世后一年（公元804年），72岁的陆羽于湖州辞世，后人依其所愿，将他安葬在杼山妙喜寺前，和好友皎然禅师的墓塔相邻……

成圣封神定茶功

陆羽被人们誉为"茶仙"，尊为"茶圣"，祀为"茶神"。在我们熟悉的唐诗领域中，"仙"是李白，"圣"为杜甫，还没有人被封一个"神"字！而陆羽集"仙、圣、神"于一身，可见在茶领域，他的贡献可谓前无古人，居功至伟！甚至"茶"这个字，虽然在玄宗朝的《开元文字音义》中已经得到了官方认证，但在实际生活中仍旧和"茶"字混用。直到陆羽的《茶经》广为流传后，"茶"字成为专属称谓，和"荼"字彻底区别开来。诗云："自从陆羽生人间，人间相学事春茶。"是的，陆羽开启了茶的时代！

因此，在中晚唐时期的王公大臣府中和僧人寺院内，奢华的茶宴日趋流行：煮茶师将茶煮好后，由主人向客人奉上，主客双方在献茶、接茶、闻香、观色、品茶的过程中，品定高低、作诗吟咏，喝茶变得越来越不简单。

因此，才有了后辈白乐天琴音伴茶的高妙，"琴里知闻唯渌水，茶中故旧是蒙山"；吟诗伴茶的雅致，"闲吟工部新来句，渴饮毗陵远到茶"；谪居病卧收到好友寄赠新茶的欣喜，"不寄他人先寄我，应缘我是别茶人"。

因此，才有了元稹"九人同赋一七令"的宝塔茶诗。

茶。

香叶，嫩芽。

慕诗客，爱僧家。

碾雕白玉，罗织红纱。

铫煎黄蕊色，碗转曲尘花。

夜后邀陪明月，晨前命对朝霞。

洗尽古今人不倦，将如醉前岂堪夸。

因此，才有了宋代苏轼"且将新火试新茶。诗酒趁年华"的豁达超脱，才有了清朝纳兰性德"被酒莫惊春睡重，赌书消得泼茶香"的闺阁情趣……

陆羽像一个神奇的妙手仙家，把茶从"柴米油盐酱醋茶"的"茶"点化为"书画琴棋诗酒茶"的"茶"。陆羽和《茶经》更像一粒种子，让"茶"深深地植根在中华文明的沃土中，弥散出阵阵馨香……

而后历经朝代更迭，岁月变迁，茶艺、茶道更是不断发展，日趋臻美：唐宋时期茶叶以茶饼为主，明朝时太祖朱元璋推广散茶，泡茶方法也与现在相近，又逐渐发展出绿、红、黄、黑、白、花、青七大茶系。又经无数文人骚客、丹青妙手的创造，无数茶诗、茶画、茶联等伴随着茶的发展形成了我国深厚高雅的茶文化。

茶香千年最怡情

在陆羽去世的那一年，日本高僧最澄来到大唐学习佛法，回国时，他不仅带走了茶籽，还带回了茶树的种植技术；1610年，荷兰人首先将中国茶叶转销欧洲；1780年，英国人和荷兰人开始在印度种茶，印度出现了大规模的茶园，英国也诞生了特有的红茶文化。就这样，中国茶顺着陆路、海路，顺着人类文明的足迹流传到世界各地，开枝散叶，经久不衰……

清朝中后期，茶作为昂贵的商品，和丝绸、瓷器等在欧洲大受欢迎，不仅造成了巨大的贸易顺差，还成为鸦片战争的一个导火索；英属殖民地的波士顿倾茶事件也推动了美国的独立。茶，小小的杯中物竟然引发了影响国家命运的大事件，不禁令人感慨唏嘘！

我国幅员辽阔，各地风俗不同，茶文化也如百花齐放，竞相争艳，有繁复讲究的工夫茶、悠闲自在的盖碗茶、赏画讲茶的九道茶、保留古风的罐罐茶等，而让我始终难忘的则是小时候2分钱一碗的大碗茶。

记忆中，北京的夏天阳光灿烂，炎热异常，唯有在疏条交映的树下才能感受到一丝阴凉，知了在树上高声鸣唱，孩子们在胡同里结队疯跑……

前门大街上的商铺鳞次栉比，西大街的路边是一片茶棚，每个茶棚下面都支着几张方桌，桌上是清一色的大海碗，只要花上2分钱，茶摊老板就从硕大的茶壶中倒出满满的一碗茶递过来，那茶被北京人称作"高沫儿"，色泽橙黄，弥散着茉莉花的香味。此时正口干舌燥的您，只要捧起这个大海碗把茶灌入肚中，就会顿觉火气仿佛都从毛孔里排了出去，浑身上下透着说不出的舒服劲儿。每次喝完茶，茶摊的小老板总会说两句俏皮话逗逗我们这些毛孩子，而我们在猛灌一气之后，仿佛又积蓄了力量，赶紧抹抹嘴，开始新一轮的追逐……

时代在飞速发展，当初卖大碗茶的茶摊已经变成了今天的老舍茶馆，像我这样大的北京孩子对大碗茶的情思，被留在了馆中的茶联"大碗茶广交九州宾客，老二分奉献一片丹心"

中，还有更多的记忆、更多的思念被留在了《前门情思大碗茶》的歌谣中：

> 我爷爷小的时候
> 常在这里玩耍
> 高高的前门
> 仿佛挨着我的家
> 一蓬衰草
> 几声蛐蛐儿叫
> 伴随他度过了那灰色的年华
> 吃一串儿冰糖葫芦就算过节
> 他一日那三餐
> 窝头咸菜么就着一口大碗儿茶
> …………

石壕吏

杜甫

暮投石壕村，有吏夜捉人。

老翁逾墙走，老妇出门看。

吏呼一何怒，妇啼一何苦。

听妇前致词，三男邺城戍。

一男附书至，二男新战死。

存者且偷生，死者长已矣。

室中更无人，惟有乳下孙。

有孙母未去，出入无完裙。

老妪力虽衰，请从吏夜归。

急应河阳役，犹得备晨炊。

夜久语声绝，如闻泣幽咽。

天明登前途，独与老翁别。

问刘十九

白居易

绿蚁新醅酒，红泥小火炉。

晚来天欲雪，能饮一杯无？

渔歌子

张志和

西塞山前白鹭飞，桃花流水鳜鱼肥。

青箬笠，绿蓑衣，斜风细雨不须归。

赠卫八处士

杜甫

人生不相见，动如参与商。

今夕复何夕，共此灯烛光。

少壮能几时，鬓发各已苍。

访旧半为鬼，惊呼热中肠。

焉知二十载，重上君子堂。

昔别君未婚，儿女忽成行。

怡然敬父执，问我来何方。

问答乃未已，驱儿罗酒浆。

夜雨剪春韭，新炊间黄粱。

主称会面难，一举累十觞。

十觞亦不醉，感子故意长。

明日隔山岳，世事两茫茫。

过 故人庄

孟浩然

故人具鸡黍，邀我至田家。
绿树村边合，青山郭外斜。
开轩面场圃，把酒话桑麻。
待到重阳日，还来就菊花。

扫码听诗
粤韵正音